诗游苏州

臧其林　施伟萍　李慧　著

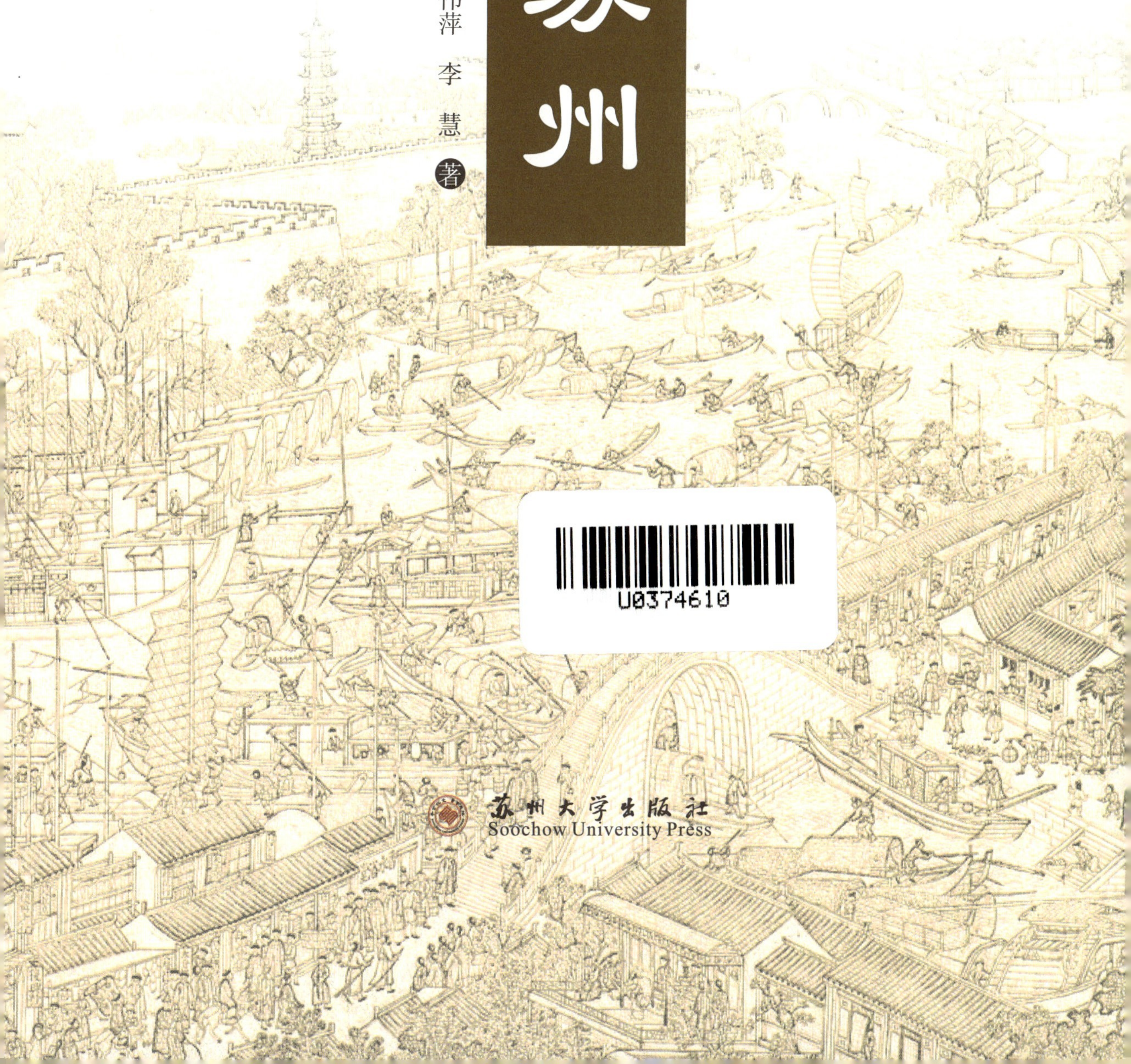

苏州大学出版社
Soochow University Press

图书在版编目（CIP）数据

诗游苏州 / 臧其林，施伟萍，李慧著 . —苏州：苏州大学出版社，2020. 12
ISBN 978-7-5672-3340-9

Ⅰ . ①诗… Ⅱ . ①臧… ②施… ③李… Ⅲ . ①古典诗歌 - 诗集 - 中国 ②旅游指南 - 苏州 Ⅳ . ① I222
② K928.953.3

中国版本图书馆 CIP 数据核字 (2020) 第 254649 号

书　　名　诗游苏州
　　　　　Shiyou Suzhou

著　　者　臧其林　施伟萍　李　慧
责任编辑　杨　华
装帧设计　陆思佳
封面设计　刘　俊

出版发行　苏州大学出版社（Soochow University Press）
社　　址　苏州市十梓街 1 号　邮编：215006
印　　刷　苏州工业园区美柯乐制版印务有限责任公司
网　　址　www.sudapress.com
邮　　箱　sdcbs@suda.edu.cn
邮购热线　0512-67480030
销售热线　0512-67481090

开　　本　787 mm × 1 092 mm　1/16
印　　张　16.25
字　　数　242 千字
版　　次　2020 年 12 月第 1 版
印　　次　2020 年 12 月第 1 次
书　　号　ISBN 978-7-5672-3340-9
定　　价　78.00 元

序

苏州是吴文化发祥地、江南文化高地，历经2500多年悠久历史的风云，留下了众多名胜古迹，积淀了深厚的人文底蕴。“上有天堂，下有苏杭。”精致典雅的苏州是人们心向往之的旅游胜地，也是历代文人墨客笔下的瑰丽诗篇。

自西晋陆机写《吴趋行》后，游子官宦、墨客骚人钟情于苏州灵山秀水、清嘉风物和胜迹遗踪者代不乏人，吟咏诗作更是层出不穷。唐代大诗人李白写下了著名的《苏台览古》和《乌栖曲》。白居易、刘禹锡和韦应物任苏州刺史，为苏州留下了众多的诗情佳话。最为脍炙人口的当属张继的《枫桥夜泊》和杜荀鹤的《送人游吴》，枫桥渔火、寒山钟声、枕河人家、汩汩流水令人流连难忘。宋代著名文学家范仲淹、范成大诗咏村居田园，家乡情深。苏轼、苏舜钦、王安石、杨备、杨万里、姜夔等在苏州访古探幽，吟诗填词，姑苏之美，化为诗情画意。明清时期，王鏊、吴宽、高启、沈周、唐寅、祝允明、文徵明、徐祯卿、王宠、王世贞、冯梦龙、吴伟业、钱谦益、汪琬、沈德潜、陈子龙等大批苏州籍文人徜徉山水，寄情园林，诗酒雅集，奇文瑰句，美不胜收。

旅游是不断发现美、遇见美、体验美的过程。苏州旅游与财经高等职业技术学校是地方最大的旅游人才培养基地，长期致力于苏州历史文化旅游资源的挖掘。在文旅融合发展的今天，臧其林、施伟萍和李慧三位老师合著了这本精美的《诗游苏州》，选取苏州古城古街、古典园林、古镇古村、山水人文、寺观胜迹等具有代表性的景区景点，精选与此关联的古诗四十首，让这些古诗伴随读者游历苏州，以全新的阅读视角去审视苏州的美。当你跟着这些古诗畅游苏州美景时，会有神思穿越历史时空的感觉，仿佛正在与这些古诗词的作者邂逅，一起徜徉在园林山水间，品赏着诗人笔下的水乡风情。这便是诗和远方结合后所产生的无穷魅力。书中精选了一些优美的图片，给人一种视觉上的审美享受，也让人有一种身临其境之感。

《诗游苏州》是一本让人可以边读历史、边赏诗词、边游胜迹，穿梭古今又能于中学习苏州诗词文化的读本。读者可以带上她，诗游苏州，领略苏州的诗意，发现诗意的苏州。

2020 年 11 月 20 日

目 录

第一部分 古城古街篇 / 001

苏州古城

送人游吴……唐・杜荀鹤 / 003

苏州古桥

正月三日闲行……唐・白居易 / 009

阊门

阊门怀古……唐・韦应物 / 016

盘门

晚入盘门……宋・范成大 / 022

胥门

阊门寓目……明・区大相 / 028

山塘街

入半塘……唐·赵嘏 / 034

平江路

平江府……宋·文天祥 / 039

桃花坞

桃花庵歌……明·唐寅 / 044

第二部分　古典园林篇 / 051

沧浪亭

初晴游沧浪亭……宋·苏舜钦 / 053

狮子林

狮子林即景十四首（其十三）……元·释惟则 / 059

留园

己亥秋日游徐氏东园（其一）……明·姜埰 / 065

拙政园

拙政园歌（节选）……清·俞樾 / 071

网师园

网师小筑十二咏（濯缨水阁）……清·宋宗元 / 078

耦园

耦园落成纪事……清·沈秉成 / 084

艺圃

再题姜氏艺圃……清·汪琬 / 090

怡园

怡园……清·李鸿裔 / 096

第三部分　古镇古村篇 / 101

同里古镇

同里……元·倪瓒 / 103

甪直古镇

姑苏杂咏·甫里即事四首（其一）……明·高启 / 110

木渎古镇

过木渎……明·曹学佺 / 116

锦溪古镇

锦溪渔唱……明·文徵明 / 121

周庄古镇

重过澄虚道院……清·张冷 / 126

明月湾古村

夜泛阳坞入明月湾即事寄崔湖州……唐·白居易 / 132

陆巷古村

归省过太湖……明·王鏊 / 138

三山岛古村

三山……清·吴庄 / 144

第四部分　山水人文篇 / 149

灵岩山

游灵岩寺……唐·韦应物 / 151

虞山

题破山寺后禅院……唐·常建 / 157

穹窿山

穹窿山……宋·杨备 / 162

天平山

天平山中……明·杨基 / 168

邓尉山

入邓尉山（节选）……清·归庄 / 175

太湖

太湖……宋·范仲淹 / 181

石湖

初归石湖……宋·范成大 / 188

金鸡湖

岁暮巡乡舟中杂诗（其五）……清·李超琼 / 195

第五部分　寺观胜迹篇 / 201

虎丘

发苏州后登虎丘望海楼……唐·刘禹锡 / 203

寒山寺

枫桥夜泊……唐·张继 / 213

报恩寺

题报恩寺上方……唐·方干 / 220

铜观音寺

题光福上方塔……唐·顾在镕 / 225

泰伯庙

和袭美泰伯庙……唐·陆龟蒙 /230

西园寺

时寓东园晚过西园作……清·徐崧 / 235

玄妙观

题玄妙观玉皇殿……元·萨都剌 / 240

紫金庵

紫金庵……清·顾超 / 245

参考文献 / 251

后　记 / 252

| 第 | 一 | 部 | 分 |

古城古街篇

送人游吴

◎唐·杜荀鹤

苏州古城

君到姑苏见，人家尽枕河。
古宫闲地少，水港小桥多。
夜市卖菱藕，春船载绮罗。
遥知未眠月，乡思在渔歌。

苏州古称“吴”，现简称“苏”，历史上曾有姑苏、平江、句吴、吴中、吴郡、长洲等多个名称。隋朝文帝开皇九年（589）始定名为苏州，因城西南的姑苏山得名，沿称至今。

▲ 清·徐扬《姑苏繁华图》（局部）

苏州古城始建于公元前514年，当时的春秋五霸之一——吴王阖闾命伍子胥“象天法地，相土尝水”，修建都城，名为阖闾大城。建成后的阖闾大城周长47里[1]，有水陆城门8座，便是今天的苏州古城。虽然历经2500多年的沧海长河，但古城的城址和规模几乎没有多大变化，这也是迄今为止中国保存最为完好、仍然充满活力的古城之一。

2500多年来，苏州古城“粉墙黛瓦、小桥流水”的江南风貌，“水路并行、河街相邻”的双棋盘格局，以及经济文化的繁荣昌盛和社会生活的殷实富足，让历朝历代的无数文人墨客毫不吝惜溢美之词。西晋时期的陆机在《吴趋行》中这样描绘苏州：“阊门何嵯峨，飞阁跨通波。重栾承游极，回轩启曲阿。”尽显作者的姑苏山水人文之情怀。当然，在描绘苏州古城水乡风貌和社会生活最具代表性的诗词中，当属唐朝著名诗人杜荀鹤的《送

---

[1] 1里＝0.5千米（公里）。

人游吴》。

杜荀鹤（约 846—约 904），字彦之，池州石埭（今安徽省石台县）人，自号九华山人，中年始中进士。诗人送别友人，无离别时的感伤，恰有吴地风华物茂的感叹，便写下了脍炙人口的《送人游吴》。“君到姑苏见，人家尽枕河”将苏州水乡特色概括得恰到好处。自伍子胥奉命建城以来，苏州城便是水道纵横、渔船星数，水上活动一直是当地人们最主要的生活方式。颔联承接“人家尽枕河”而来，点明的就是这样的特色。“古宫闲地少”体现出诗人对唐代苏州经济的赞叹。隋朝时期大运河南北贯通后，让唐代的苏州城逐渐成为东西南北的水陆交通枢纽，并成为东南一隅的经济重地。“水港小桥多”则是诗人用写实般的白描手法营造出来的美景：弯弯的河道，多的是潺潺流动的灵性；遍布的小桥，连接着生活的此岸和彼岸，立在桥上的时光及人们伫立桥头眺望着远方的守候，水和桥便成了苏州最有韵味的风景。小桥、流水构建的生活，有着令人心折的精致和让人沉醉的典雅。这样的美，别处寻无可寻。颈联写到的“夜市”和“春船”的组合是繁荣、热闹的场景，读来非常喜人。在古代中国，只有经济发达的地方才会有夜市，莲藕则更是江南水乡的特色水产，绫罗绸缎又是生活富足的象征。仔细吟诵诗句，仿佛真的可以听见操着吴地方言的人们正趁着夜市的灯火谈论生计。那些远方微明的灯火闪烁，仿佛黑夜中温暖的星星。尾联是诗人所设想的送别后的情景，此处才道出了送别之意，显得余味悠长，耐人寻味，也足见诗人谋篇布局的匠心独具。诗人笔下所描写的唐代苏州，在其细心体会中更是活脱而出，读来令人如临其境，恍如人在画中游历。

杜荀鹤所描绘的苏州景象是唐代的中后期，那时的苏州已是中国东南第一雄州。除了杜荀鹤外，李白、张继、韦应物、白居易、刘禹锡、李绅等同时代的大诗人们或在苏州任职或游历苏州，也都留下了不少描绘苏州景致的优美诗句。大诗人白居易任苏州刺史期间，不仅完成了山塘街到虎丘的山塘河等防洪工程，还留下赞美苏州山山水水的优美诗篇。诗人笔下的“处处楼前飘管吹，家家门外泊舟航”（《登阊门闲望》）的阊门景致，

“绿浪东西南北水，红栏三百九十桥”（《正月三日闲行》）的水桥美景，都非常生动地映射出唐代的苏州水乡之美。大诗人张继沿着运河南下，夜泊苏州城外的寒山寺旁，深夜的寂寥让诗人感发出“姑苏城外寒山寺，夜半钟声到客船”（《枫桥夜泊》）的千古绝唱。

隋唐以后，大运河日益繁忙，北方因战乱导致大量人口南迁，使得苏州持续得到快速发展，宋代的苏州逐渐走进中国经济社会发展的舞台中心。“上有天堂，下有苏杭”“苏湖熟，天下足”（范成大《吴郡志》）一直流传至今，社会之繁荣、城市之精美让人流连忘返。“南宋四家”之一的杨万里经过古城百花洲时便留下“吴中好处是苏州，却为王程得胜游”（《泊平江百花洲》）的溢美诗句。杨万里的好友——一直居住苏州石湖的著名诗人范成大不仅描绘古城盘门附近“人语嘲喧晚吹凉，万窗灯火转河塘”（《晚入盘门》）的繁华街市，而且还勾勒出城外乡村“梅子金黄杏子肥，麦花雪白菜花稀”（《四时田园杂兴》）的旖旎风光。保留至今的南宋苏州城市石刻地图——《平江图》石碑非常清晰地绘就出宋时古城的河流、湖泊、山脉、

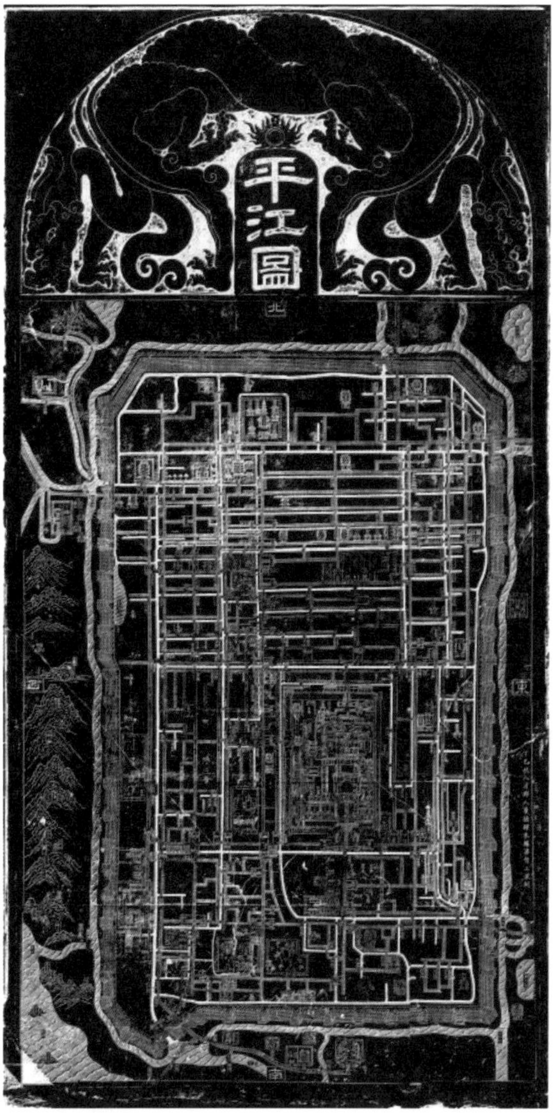

▲《平江图》石碑

道路、桥梁、民宅、书院、寺院、道观、商行、集市、园林等体系复杂而完善的城市系统。元明清时期的苏州开启了城市发展的鼎盛时代，各地往来商旅络绎不绝，城中夜市通宵达旦。意大利人马可·波罗游历苏州时发现这座城市太像他的家乡威尼斯了，便由衷地感叹这是一座“名贵的大城市”（《马可·波罗游记》）。明代江南才子唐寅是个地道的苏州人，其家住古城西北部的桃花坞，他描绘的苏州城是一个“市河到处堪摇橹，街巷通宵不绝人”（《姑苏杂咏》）的喧闹繁华般城市。明末清初，苏州开始产生中国传统社会中最新型的社会关系——萌芽状态的资本主义生产关系，将苏州经济社会发展推至极盛时期。那时的苏州城里，“万户机杼，彻夜不辍”，各地富商大贾、四海货物云集相拥。清朝乾隆年间的苏州大画家徐扬专门创作了《盛世滋生图》（又名《姑苏繁华图》），生动形象地描绘了那个时代高度繁荣发达的景象。一直到近代上海开埠之前，苏州都是中国“东南一大都会”（《新修陕西会馆记》）。

古往今来，苏州一直被无数诗人用精美的语言咏赞着，因为这座城市太特别了。诗人们咏赞古城的园林，因为这座城里的园林是中国私家园林的典型代表，“江南园林甲天下，苏州园林甲江南”，古城内外大小园林比比皆是。今天保存完整的仍有 108 处，其中拙政园等 9 处古典园林被列入世界文化遗产名录。诗人们咏赞古城的小桥流水，因为这座古城就是桥和水的古城，小桥流水一直都是古城最为典型的城市符号，目前城内仍有河道 40 千米左右，大大小小的桥梁 163 座。诗人们咏赞古城的名人巨匠，因为这座古城里不仅有誉满古今的唐寅、祝枝山、文徵明、徐祯卿等江南四大才子，还有充满街巷的数千名进士和状元。据统计，中国历史上产生了 552 名状元，苏州有 51 名，仅清代 112 名状元中苏州就有 26 名。诗人们咏赞古城的精巧工艺，因为这座古城被联合国教科文组织命名为“世界手工艺与民间艺术之都”，桃花坞木刻年画、玉雕、刺绣、缂丝、苏扇等手工艺精美绝伦，名扬四海。苏州这座古城，值得诗人们咏赞的还有许多许多……

近年来，全国各地城市建设如火如荼，很多历史古城渐渐地淹没在城市改造的浪潮中，苏州古城却完好地保存着。古城的完好保存，主要得益于20世纪90年代确定的“一体两翼”城市发展格局，即古城居中保持原貌，东部建设中国——新加坡工业园区，西部建设国家高新技术开发区。“一体两翼”城市发展格局让今天的苏州古城几乎完整地保留着明清以来的建筑风貌。古城东部的苏州工业园区经历20多年的发展，业已成为“中国改革开放的重要窗口”，尤其是国家首个AAAAA级商务旅游示范区——金鸡湖国家商务旅游示范区的建成，为苏州旅游增添了一道非常靓丽的风景线。每当夜幕降临，金鸡湖畔的璀璨灯光熠熠生辉，千百年来苏式生活的精致和典雅，被赋予了更多时尚和浪漫元素，已成为新的网红打卡地标。

苏州是传统的，两千余年来历史传承、人文交融的古城，与流淌千年的大运河、风光旖旎的太湖，交相辉映，相得益彰。点缀在古城间的小桥流水人家，粉墙绿荫掩映着的私家园林，石板小巷里传来的吴侬软语，相互交织在街头巷尾，在桥堍船边，在老苏州人的一日三餐里。苏州又是现代的，东西南北古城周边崛起的高楼大厦，金鸡湖畔构筑的现代都市风情，为这座城市增添了最新潮的动感和时尚，让古老的苏州焕发着年轻的活力。苏州，亦古亦今，亦中亦洋，宛如细腻典雅的双面绣，将古典与现代完美地融合在一起。

▼ 古城俯瞰图

苏州古桥

正月三日闲行

◎唐·白居易

黄鹂巷口莺欲语，乌鹊河头冰欲销。
绿浪东西南北水，红栏三百九十桥。
鸳鸯荡漾双双翅，杨柳交加万万条。
借问春风来早晚，只从前日到今朝。

古城苏州，最有特点的景观，莫过于桥。桥不仅是最有特色的苏州景观，也是江南风景最凸起、最有个性的建筑。唐代著名诗人白居易在长庆二年（822）七月被任命为杭州刺史，在宝历元年（825）三月又出任苏州刺史。白居易在苏州任上，写有不少吟诵苏州的好诗，《正月三日闲行》就是其中一首。

▲ 清 · 王翚《杏花春雨江南》

白居易（772—846），字乐天，号香山居士。生于河南新郑。唐贞元年间进士，授秘书省校书郎。曾因得罪权贵，被贬为江州司马。《正月三日闲行》诗写作于宝历二年（826）正月。农历正月初三日，诗人带着闲适的心态发现了自然之美。诗的首联嵌入苏州的两个地名：黄鹂坊和乌鹊桥，并用两个“欲”给人留下丰富的联想，让人感觉一种春意的萌动，似乎耳边听到了鸟儿的鸣叫，也似乎看到河中冰的融化。诗句对仗工整，“黄鹂巷口”对“乌鹊桥头”，“莺欲语”对“冰欲销”。颔联“东西南北水”“三百九十桥”写出了苏州古城独特的景观：水多、桥多，红栏绿波相映，十分美丽。再加上杨柳多、鸳鸯多，更是锦上添花。诗人不愧为色彩大师，“黄鹂、乌鹊、红栏、绿浪”色彩艳丽，赏心悦目。颈联“鸳鸯荡漾双双翅，杨柳交加万万条”描写早春时节，鸳鸯在水中成双成对，岸边的柳条已经冒出嫩绿的新芽，随风飘动。诗人惊喜之下，不禁自问：春天是什么时候来的呢？应该就是这两天到的，前日是正月初一日，一年之始，也是一春之始。前一联中的“双双翅”“万万条”，写得春意尽出。这首诗字词清秀，风格淡雅，让我们感受到大自然的气息，也感受到人生的快乐和悠闲自在。

苏州古城境内河港交错，湖荡密布。水是苏州城的骄傲，桥是最苏州的标记，苏州就像一座用桥搭起来的水上城市。苏州的山塘街、平江路等，市井傍水而筑，居民临水而居，人家前门临街，后门临河。河道与街道水陆并行，河街相邻，而石桥沟通衔接，船行水里，人走桥上，形成了一幅小桥流水人家的江南水城景观。由于城内河道纵横，苏州又被称为水都、水城、水乡，13世纪的《马可·波罗游记》将苏州赞誉为“东方威尼斯”。

水多，自然桥多。正如白居易诗中所说，“红栏三百九十桥”，宋代诗人杨备也有诗曰，“苏州有画桥四百”。宋代《平江图》石碑上刻有桥359座。明清两代《苏州府志》和民国《吴县志》载：明代苏州有桥梁311座，清代有310座，民国349座。新中国成立后，在保护和重建一批有历史价值的古桥的同时，苏州又新建了各种现代化桥梁，如果再加上园林里和古城外的桥，那便有1000余座了。苏州有“一步跨二桥”的俗语，其桥梁之多为世界之最，远远超过了意大利的水城威尼斯。

苏州古桥中的名桥亦多。张继诗中枫桥，自不在话下（后文有详细描述）。前文白居易诗中提及的就有黄鹂坊桥和乌鹊桥。其中，乌鹊桥是苏州城中最古老的石拱桥，与阖闾城同建，因春秋时吴王在此建乌鹊馆而得名，距今已有两千多年。原来的位置在“子城”正门前直街，现位于城区南部，乌鹊桥路北端，旧时为石拱桥，现改为钢筋混凝土单孔拱桥，长 22 米，宽 13 米，跨径 6.5 米。桥面铺设沥青路面、方石板人行道，花岗石贴面，两侧立面镶砌花岗石拱券石，下半部保留了原桥石，很好地保持了古桥的建筑风格。桥名“乌鹊桥”三字为书法家蒋吟秋所书。

黄鹂坊桥跨黄鹂坊河，东西连接景德路。东堍南、北两侧与施林巷、汤家巷垂直相交，西堍南、北两侧与学士街、吴趋坊垂直相交。黄鹂坊桥始建于唐朝，现为单孔钢筋混凝土平桥，长 13 米，宽 28.6 米，跨径 5.8 米，石雕镂空桥栏，望柱上书写桥名“黄鹂坊桥”。

此外，三国时建造的乐桥，隋代的杨素桥，唐代王仲舒捐玉带助建的宝带桥，北宋的垂虹桥，南宋始建的行春桥，元初建的灭渡桥，明代建造的下津桥，清代的普济桥，民国时期重建的彩云桥……那些出现在古诗中和故事中的桥，不胜枚举。

苏州的古桥，早先多为木质结构，木梁木栏，涂上朱红色的油漆，既能防腐，又很美观，所以诗中描绘“红栏”“画桥”。因为木质容易腐烂，不能经久，随着生产和经济的发展，北宋后，木桥逐渐被石桥所替代，一般为花岗岩，也有少数为石灰石、武康石。

苏州的桥，在满足桥下行船、桥上行人功能的同时，其造型也多姿多彩，精巧秀丽。其中单孔或三孔的石拱桥数量最多，桥身上拱，飞扬灵动。也有平桥、曲桥、廊桥、过街桥等。林林总总，千姿百态，或雄伟壮丽，或精巧玲珑，或如彩虹临空，或如曲径通幽……每一座桥都有各自的风韵。

▲ 黄鹂坊桥

▲ 乌鹊桥

▲ 普济桥

苏州古城内的桥大多玲珑秀气，而古城外的桥则往往气势恢宏。其中宝带桥和垂虹桥尤为突出。

宝带桥又名长桥，是古代桥梁建筑的杰作，位于苏州吴中区长桥运河边，跨澹台湖口，与赵州桥、卢沟桥等合称为中国十大名桥。全桥用金山石筑成，桥长 317 米，桥孔 53 孔，是中国现存的古代桥梁中最长的一座多孔石桥。宝带桥始建于唐元和十一年（816），相传为苏州刺史王仲舒捐出自己的宝带助资始建古运河边的纤道，因此桥以“宝带”命名。明代王宠有诗：“春水桃花色，星桥宝带名。鲸吞三岛动，虹卧五湖平。表里关形壮，东南海势倾。当知题柱者，犹是一书生。”描写宝带桥的湖光山色、碧辉相映，实在令人陶醉。清代诗人沈朝初《忆江南》词云：“苏州好，串月看长桥。桥畔重重湖面阔，月光片片桂轮高。此夜爱吹箫。”这里的“长桥”指宝带桥，每年的农历八月十八，是苏州人观“宝带串月”的日子。这天晚上，聚集了来自苏城和周边地区的男女老少，一睹明月当空，水中 53 个月亮连成一串的奇观。

宝带桥经历代多次重修，现存桥为清同治十一年（1872）重建，1956 年修葺恢复旧观。宝带桥桥身之长，桥孔之多，结构之精巧，为中外建桥史上所罕见。

吴江垂虹桥素以“江南第一长桥”闻名遐迩，位于吴江市区东门外，旧名利往桥，亦俗称长桥，是一座比宝带桥更长、桥孔更多的名桥。垂虹

▼ 宝带桥

桥始建于宋庆历八年（1048），起初为木结构，后毁于兵火，元泰定二年（1325），改建为联拱石桥，设62孔。后明清两朝屡次修建，增至72孔。垂虹桥因其雄伟的气势，构筑的精巧，以及往来商贾墨客的赞颂吟唱而名声大振，成为江南名桥。宋代著名书法家、诗人米芾面对江南水乡烟水浩渺、清空悠远的意境，挥笔写诗："断云一叶洞庭帆，玉破鲈鱼金破柑。好作新诗寄桑苎，垂虹秋色满东南。"北宋王安石也盛赞垂虹桥"颇夸九州物，壮丽此无敌"。南宋姜夔有《过垂虹》诗，描述诗人与歌女小红，一人吹箫，一人唱和，在箫声与歌声中，乘船驶过垂虹桥。南宋诗人戴复古则是将垂虹桥与同时期的建筑岳阳楼相较，感叹道："垂虹五百步，太湖三万顷。除却岳阳楼，天下无此景。"

垂虹桥在我国古代桥梁史上享有极高的地位，现为国家重点文物保护单位。新中国成立初期，由于年久失修，垂虹桥于1967年5月2日夜晚坍塌，着实令人遗憾。而今，吴江市政府在这里辟建了"垂虹遗址公园"，并在垂虹桥遗址周围建造垂虹景区，重现东端的10孔桥洞，与西端显露的7孔遥相呼应。

苏州的桥，千百年来，静静地傍在寻常人家的周围。水滋养着苏州这方鱼米之乡，桥更是搭起了苏州的繁华和富庶。小桥、流水、人家的江南风情，深深地渗透在苏州的历史文化中，又在其灿烂的文明中熠熠生辉。

阊门怀古

◎唐·韦应物

阊门

独鸟下高树，遥知吴苑园。
凄凉千古事，日暮倚阊门。

唐代诗人韦应物曾出任苏州刺史，世称“韦苏州”。其诗风恬淡高远，以善于写景和描写隐逸生活著称。从他在苏州期间留下的诗作中可以看到唐代江南的自然生态，中国古代对自然生态的欣赏和保护就反映在诗人的诗篇中，形成了一种山水文学的景观。

韦应物（737—792），京兆万年（今陕西省西安市）人。出身世族，安史之乱以后，韦应物应举入仕，先后为洛阳丞、京兆府功曹参军、鄠县令、比部员外郎、滁州和江州刺史、左司郎中、苏州刺史。从唐广德二年（764）起到贞元七年（791），将近30年间，韦应物大部分时间为地方官吏。韦应物晚年到苏州任刺史，一身正气，两袖清风，苏州百姓以“韦苏州”这个美名来敬称他。在韦应物任苏州刺史的三年里，他已经是重病缠身，辞官后，他寄住在苏州的永定寺里，自己租地耕种。唐贞元八年（792），韦应物病逝，年仅55岁。

苏州拥有极其丰富的山水人文资源，形成了苏州自古以来的郊游览胜传统，如三月的香雪海探梅，八月的石湖赏串月，九月的天平山观红枫，等等。韦应物的这首《阊门怀古》便是在游览阊门时所作。苏州阊门历史悠久，自古繁华，诗人所写的“吴苑”指吴王游猎时所建的长洲茂苑。此时诗人看到的阊门已物是人非，遥想当年吴国伐楚时，吴国大军从阊门挥师出城。吴王阖闾励精图治，曾经雄踞一方。可惜吴王夫差听信谗言，杀害伍子胥，终致亡国丧命。历史的兴亡盛衰不禁让诗人触景生情，百感交集。千古凄凉之事怎能不让人在暮色中的阊门前长吁短叹？因此诗人在苏州为官，也时时提醒自己为百姓办事尽心尽力。唐代任苏州刺史的诗人有三位：韦应物、白居易和刘禹锡，他们都写过以阊门为题材的诗歌。白居易的《登阊门闲望》说：“阊门四望郁苍苍，始觉州雄土俗强。”刘禹锡的《别苏州》（其二）说：“流水阊门外，秋风吹柳条。”他们在苏州勤政为民，被百姓赞颂，苏州沧浪亭五百名贤祠有他们三位的名字。

阊门始建于春秋时期，是苏州古城的八门之一。《吴越春秋》记载：“立阊门者，以象天门，通阊阖风也。”故又名阊阖门。“阊”是通天气之意，表示吴国将得到天神保佑，日臻强盛。该门方位朝向楚国，阖闾率大军由此门出城远征楚国，表示一定要打败楚国的决心，故把阊门称为“破楚门”。

虽然韦应物笔下的阊门稍显暗淡，但白居易在《登阊门闲望》中，看到的是：“阖闾城碧铺秋草，乌鹊桥红带夕阳。处处楼前飘管吹，家家门外泊舟航。”因为靠近运河，交通便利，阊门就自然而然发展为苏州最繁华的地段，远远超过了城里。尤其是明清时期，这一带曾经是全苏州最繁盛的商业街区。江南才子唐寅在《阊门即事》写道：“翠袖三千楼上下，黄金百万水西东。”以此赞颂金阊繁华。清朝康熙年间的孙嘉淦在《南游记》里这样描述阊门：“居货山积，行人流水，列肆招牌，灿若云锦。”乾隆年间宫廷画家徐扬的《姑苏繁华图》（又名《盛世滋生图》）中也可以看到当时阊门至枫桥的十里长街、万商云集的盛况。《红楼梦》第一回就说“有城曰阊门者，最是红尘中一二等富贵风流之地”，故而苏州民间一直有“金阊门”的说法。

1860 年 5 月，太平天国忠王李秀成攻打苏州，江苏巡抚徐有壬和总兵马德昭下令烧毁城外商业区，以巩固城防，于是曾经繁华盖世的阊门商业区，至枫桥寒山寺一带，转眼之间化为灰烬，几百年的繁华落幕……此后，阊门经历多

▼ 阊门

次改建，现在能够看到的阊门和城楼，都为后人复建。

如今的阊门依旧车水马龙，远远便可见高高的城墙，重檐翘角的城楼。城墙下有三个城门，连接着城门内外的交通。北边还有一个水城门，虽不再行船，但再现了水陆城门的样貌。在阊门的西北，外城河、南护城河、北护城河、上塘河、山塘河犹如五条水龙，分别从五个方向在这里汇聚，形成了“五龙汇阊”的独特水貌。

阊门旁的吊桥，又名虹桥，始建于宋代，起初为木桥。现在所见的则是新建的古典简洁的廊桥式样，既适应了现代交通需求，又与阊门的整体风貌相协调。

阊门内的南浩街，商铺依旧鳞次栉比，一年一度的民俗活动“轧神仙”在这里上演着苏州人的狂欢庆典；阊门向北走就是上下塘，这里曾是布号绸庄“一统天下”的街区；出阊门往西便是枫桥镇，这里是古苏州的米粮中心；还有阊门外连着的山塘街，从阊门到虎丘的这七里山塘，被誉为“姑苏第一街”，仍迎来送往着国内外游客。

▼ 五龙汇阊

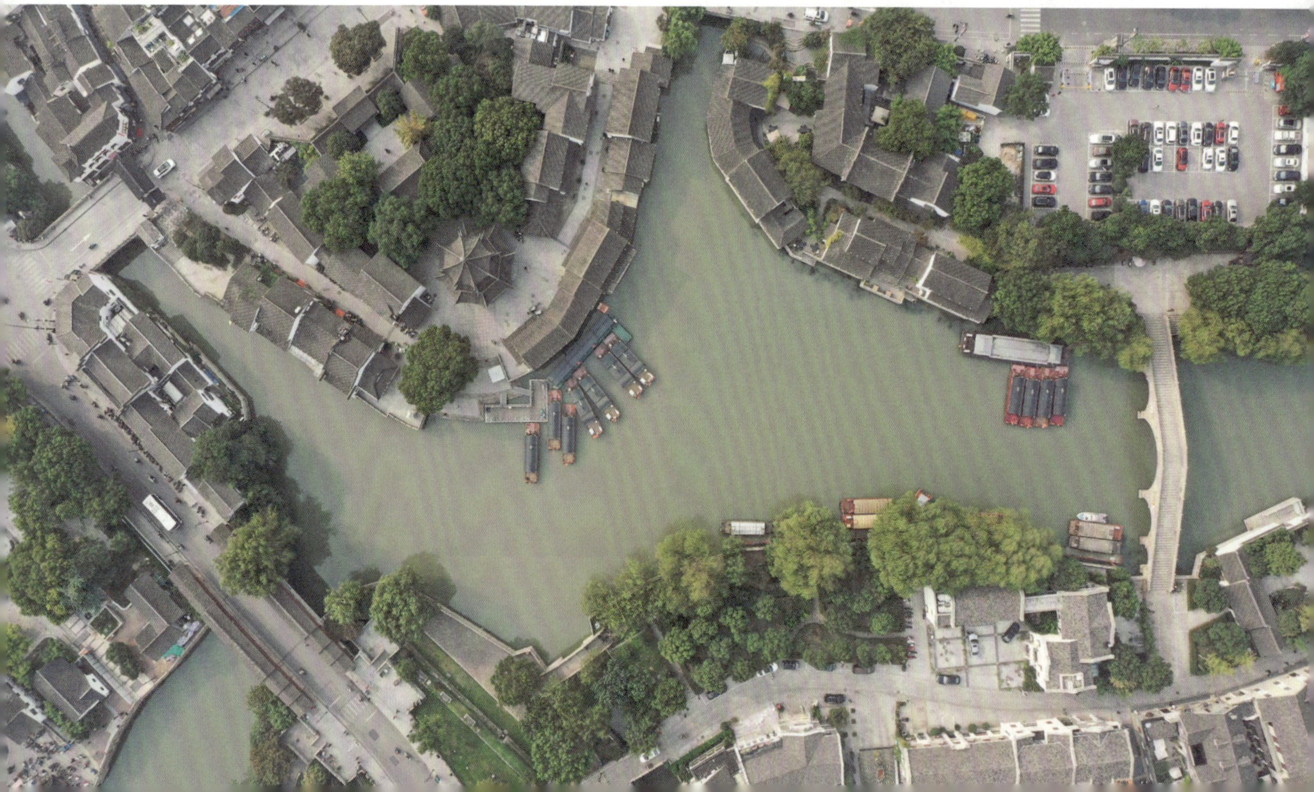

▲ 阊门外吊桥

两千多年来阊门见证了将士从这里出征，商人在这里忙碌，诗人歌咏它的繁荣、哀伤它的落寞……俱往矣，旧时遗梦已难追寻，今天修复后的阊门依旧繁华，供人们抚今思昔。

晚入盘门

◎宋·范成大

人语嘲喧晚吹凉，万窗灯火转河塘。
两行碧柳笼官渡，一簇红楼压女墙。
何处采菱闻度曲，谁家拜月认飘香。
轻裘骏马慵穿市，困倚蒲团入睡乡。

盘门

盘门位于苏州古城西南，始建于吴王阖闾元年（前 514），目前是国内唯一保留完整的水陆并行的古城门，历代吟咏盘门的诗词颇多，范成大的《晚入盘门》是其中典型的一首。

范成大（1126—1193），字致能，号石湖居士，吴县（今江苏苏州）人。南宋绍兴二十四年（1154）中进士。绍兴二十六年（1156），任徽州司户参军。南宋孝宗乾道六年（1170），范成大出使金国，在金“词气慷慨”，全节而归，回朝后即升任中书舍人。淳熙九年（1182），因病辞归。此后十年隐居苏州石湖，直到终年。

诗人晚年除了在石湖建有别墅外，另居住在苏州城内桃花坞南，时常水路扁舟来往于城内外。这首诗就是诗人写途经盘门时的所见所感。

首联“人语嘲喧晚吹凉，万窗灯火转河塘”写南宋时盘门的繁华喧嚣，诗人乘舟夜入盘门，只见人语喧闹、灯火辉煌。颔联“两行碧柳笼官渡，一簇红楼压女墙”刻画官设的渡口旁是两行翠绿的柳树，一群群华美的楼房遮住了城墙上的矮墙。盘门位于重要的交通位置，宾客往来人数众多，旅店随处可见，这里与后来说的“冷水盘门”大相径庭。颈联“何处采菱闻度曲，谁家拜月认飘香”描写远处不时传来采菱曲的优美歌声，谁家的女子在拜月焚香。尾联“轻裘骏马慵穿市，困倚蒲团入睡乡”，富家子弟骑着高头大马慢慢经过闹市，虽然喧闹，可是这样的景象反而让人安逸地进入梦乡。

全诗以眼前景象为内容，刻画南宋时苏州富甲一方，诗人经过了一生的跌宕起伏，回到家乡苏州，隐居石湖，经过盘门，眼见繁华喧闹，倒是有一种难得的心安。

盘门为吴国阖闾大城八门之一。唐代陆广微《吴地记》记载，“盘门，古作蟠门”，因门上刻有蟠龙，以示震慑越国，故名“蟠门”，又因“水陆萦回，徘徊屈曲”，故又称“盘门”。战国时，盘门是吴国派兵点将、守城防御的地方。诗文中亦有点出蟠龙震慑越国的作用，如清代姚承绪有《盘门》诗：“曲径委蛇路百盘，天光云影落惊湍。蟠龙厌越浑闲事，直作蛇门一例看。”

两千多年间，历经战乱，现存的盘门城门为元至正十一年（1351）在原址上重建的，后张士诚增建瓮城，明清时又数次修缮。1958 年，苏州大部分城墙城门被拆除，只剩下盘门保留了完整的水陆城门的样式。

这座雄峙于大运河畔的古盘门，设计独具匠心，筑城技术高超，凝聚了古代劳动人民的智慧和力量。在古代，盘门作为防御性建筑，易守难攻，固如金汤，阻挡了敌人的进犯。宋代以来，随着苏州人口的增加和城市经济的发展，盘门人烟逐渐稠密，正如范成大诗中所描述的“轻裘骏马慵穿市”。到了明清时期，盘门地处苏州西南角，其繁华程度远逊于阊门、胥门。到了近代，列强侵略下的苏州，城市经济萎缩，盘门也一度沦为日本租借地，这一地区市井萧条，人烟稀少，遂有“冷水盘门”之称。

▲ 盘门水城门

如今的古城门由水陆两门、瓮城、城楼和两侧城垣组成。两座城门南北宽62.5米，东西分别为两道陆城门和两道水城门，两道陆城门纵深44米，水城门纵深24.5米，水、陆门对峙，两道陆门和两道水门呈曲尺形，这在全国仅此一例，具有极高的历史文物价值。我国著名古建筑园林艺术学家陈从周赞叹道："北看长城之雄，南看盘门之秀。"

▲ 盘门瓮城

两道陆门间为瓮城，平面略成"口"字形。城垣外侧较陡，内侧较缓。现有城墙全长300多米，高5米多。四周城墙陡峭，易守难攻。登上城墙，可以看到整个陆门、水门套城的布置和结构全貌。城墙上的雉堞、垛口、射孔 、炮洞、闸口、绞关石、天井均历历在目。

在陆城门顶部，建有城楼，古时供瞭望、御敌所用。现在的城楼，是为了纪念苏州建城2500年，于1986年重新开放的。城楼高11.3米，宽15.48米，面阔三间，周围设回廊，为重檐歇山顶、双层楼阁式建筑，飞檐朱栏，凌空拔起，气势恢宏。城楼东檐下，悬有"水陆萦回"匾额，西檐下悬有"吴中锁钥"匾额，各配以抱柱对联，点出了盘门的功能和特点。

雄踞苏州西南的盘门水陆城门、横跨运河的吴门桥，以及临流照影的瑞光寺塔，组成了盘门三景，整个景区既有苏州古朴沧桑的历史感，又不失豪放明快的现代感，是苏州古城最具特色的风景名胜区之一。

▲ 瑞光塔

瑞光塔，是一座宋代的古塔建筑，始建于东吴孙权赤乌十年（247），共13层。北宋大中祥符年间（1008—1016）重建时改为7层8面。高约43米，是苏州著名古塔之一。瑞光寺初名普济禅院，据志书记载为三国吴赤乌四年（241）孙权为迎接西域康居国僧人性康而建。十年（247），孙权为报母恩又建舍利塔于寺中。

瑞光寺塔为砖木结构楼阁式，砖砌塔身由外壁、回廊和塔心三部分构成，建造精巧，造型优美，用材讲究，宝藏丰富。1978 年 4 月，在第三层塔心的砖龛内发现了一批五代和北宋初期的珍贵文物，尤其是一座“真珠舍利宝幢”，在所出文物中是最为精美的。幢高 1.22 米，用珠宝编成，集玉石雕刻、金银工艺、木雕、描金、漆雕等艺术于一身，堪称稀世珍宝，现藏于苏州博物馆，是其镇馆之宝之一。

吴门桥跨古运河，为陆路出入盘门的必经通道。石桥建于北宋元丰七年（1084），始名新桥，北宋末年毁于战火，南宋重建，改名为吴门桥。现在的桥身是清代同治年间重新修建的，用花岗石砌筑，杂有少量武康石，朴素古雅，保留着当年的风貌。桥全长 66.3 米，中宽 4.8 米，净跨 16 米，矢高 9.85 米，是目前苏州留存的最高的单孔石拱古桥。吴门桥高大壮伟，桥身高高隆起，如彩虹凌于河上，过往船只通行无阻，桥下河水通盘门水门，为水上交通要道。

▲ 吴门桥

登上盘门城楼，近处，瑞光塔、吴门桥相映成趣，举目远眺，饱览古城内外旖旎风光。凭栏怀古，感怀春秋吴越争霸风云，以一斑窥全豹，览尽姑苏古城旧貌新颜。

胥门

阊门寓目

明·区大相

蓼花风起渚莲飘，处处菱舟趁晚桡。
吴苑几年无伯气，胥门终古有归潮。
枫林竹岸斜连郭，水寺溪村尽带桥。
独有馆娃宫外柳，年年烟雨锁长条。

明代的苏州经济繁荣，诗人区大相途经苏州，描写苏州的胥门，从眼前的景物入手，进而由胥门联想到吴国的兴衰，最后感叹馆娃宫外柳枝的寂寞，借以抒发兴亡之感。

区大相（1549—1616），字用孺，号海目，明肇庆府高明县（今属广东）人。万历十七年（1589）进士，官翰林检讨，同修国史。后调任南京太仆寺丞，在任三年，称病回乡，带着儿子区怀瑞、区怀年返回广州的别业定居。父子三人终日吟咏唱和，最终成就了在诗坛的地位。区大相成为“岭南诗派”的代表人物，他的两个儿子在岭南诗坛上也享有盛名。

全诗的首联“蓼花风起渚莲飘，处处菱舟趁晚桡”写出了江南苏州的特色，多年生的草本植物水蓼花在风中飘舞，到处可以看到菱歌泛舟。颔联中的“吴苑”指吴国古都，也是说苏州。吴苑目前已经没有了当年的霸气，只能看到眼前胥门脚下的胥江澎湃的归潮。颈联“枫林竹岸斜连郭，水寺溪村尽带桥”描写的是苏州水乡的特色，放眼城郭外的枫林和竹岸，水寺和溪林都与桥梁连成一体。诗人在尾联发出感叹：料想馆娃宫外的柳树现在是如此的寂寞，江南常常被烟雨蒙蒙的氛围笼罩，“烟雨江南”才更具风情，这也是诗人对物是人非的历史兴衰发出的长叹！

《苏州府志》记载：“胥门，西门也，在阊门南，一曰姑胥门。”现存城门为元至正十一年（1351）重建，明清时又重修。苏州古城建立是伍子胥的一大功劳。当年，伍子胥相土尝水，象天法地，筑成了周长 47 里的大城和周长 10 里的内城。虽经 2500 多年漫长历史的演变，但时至今日，姑苏城池仍保持了伍子胥主张的“必立城廓”的风貌。

伍子胥（前 559—前 484），名员，字子胥，楚国人，春秋末期吴国大夫、军事家。伍子胥之父伍奢为楚平王太子建太傅，因受费无极谗害，和其长子伍尚一同被楚平王杀害。伍子胥从楚国逃到吴国，成为吴王阖闾重臣，是苏州城的营造者。公元前 506 年，伍子胥协同孙武带兵攻入楚都，伍子胥掘楚平王墓，鞭尸三百，以报父兄之仇。吴国倚重伍子胥等人之谋，西破强楚，北败徐、鲁、齐，成为诸侯一霸。吴王阖闾死后，伍子胥继续辅佐吴王夫差。他曾多次劝谏夫差杀勾践，夫差不听。夫差急于进攻中原，

▲ 胥门

率大军攻齐，伍子胥再度劝谏暂不攻齐而先灭越，遭拒。夫差听信谗言，称伍子胥阴谋倚托齐国反吴，派人送一把宝剑给伍子胥，令其自杀。伍子胥死后九年，吴国为越国偷袭所灭。

伍子胥半生为吴国，功绩卓著，吴地也留下诸多与伍子胥相关的地名和习俗，如胥门、胥江、胥口、伍子胥弄等；农历五月初五，人们聚集在胥江，粽子堆叠，香烟缭绕，鲜花彩带装饰着龙船，水面龙舟竞渡，“苏州端午习俗”更是因为纪念伍子胥而延伸出一系列民俗活动，与湖北秭归县的“屈原故里端午习俗”、黄石市的“西塞神舟会”及湖南汨罗市的“汨罗江畔端午习俗”共同成为我国首个入选人类非遗代表作名录的节日。

在区大相之前，宋代周弼也作有《胥门》一诗：“芦苇萧萧生晚潮，伍员何地更吹箫。夕阳自逐寒鸦去，万片宫花共寂寥。”之后又有清代张英的《胥门怀古》和姚承绪的《胥门》，诗中都提到伍子胥和春秋的历史。

胥门为姑苏八大古城门之一，与其他古城门一样，胥门原有水、陆两个城门。相传战国春申君统治苏州时，测知太湖地势高过苏州，为免城内遭泛滥之灾，就把胥门水道加以封闭，从此胥门便没有了水城门。另一说法是为防太湖洪水入城，宋元以后才无水门。

现存的城门门洞由三道砖砌拱券组成，第二道与第一、三道垂直相交砌筑，拱门高 4.65 米，宽 3.3 米，纵深 11.45 米。门额上“胥门”二字已毁，四周刻有灵芝、如意、八卦，古朴典雅，自然简约。门洞左、右残存垣长约 65 米，残高 7.2 米，砖石尚较完整。

古城门前是伍子胥纪念园，园内由雕塑大师钱绍武设计的《伍子胥象天法地建设胥城》雕塑，巍然而立，气势昂然，雕塑线条简练，却又力拔千钧，充分体现了伍子胥的英雄气概。雕塑后面是高 4.5 米，延伸数十米，共一百多平方米的砖雕塑壁，正面刻着纪念伍子胥历史功绩的故事，背面八个大字“相土尝水，象天法地”，体现了以天地原则设计苏州城建的精神。

▲ 伍子胥像

▲ 百花洲

▲ 接官厅

胥门内城在百花洲，瓮城为梯形，胥门和苏州其他城门不同，城门外没有桥，护城河横亘在面前。在城门外往北走约百步，可到享有“三吴第一桥”美称的万年桥。

胥门内南侧为百花洲，据说是当年吴王去姑苏台的必经之路。《泊平江百花洲》：“吴中好处是苏州，却为王程得胜游。半世三江五湖棹，十年四泊百花洲。”宋代诗人杨万里行船至平江停泊在百花洲时，感慨自己一生漂泊，写诗抒怀。

护城河对面还有一条与之相通的大河叫胥江，它沟通太湖和护城河，将太湖水引入苏州城，犹如赋予姑苏生命活力的血脉脐带。在古代苏州人出行以水上交通为主，前往木渎、洞庭、东山、西山，乃至于上海、杭州等地，一般在胥门的水码头乘船，这里是苏州城主要的对外联系通道之一。胥江正因为这个缘故，成为各级官吏、商人进出苏州的主要通路。为方便官商进出，南宋初，胥门内营建了接待外国使馆和各地高官显宦的姑苏馆、接官厅及林苑。据说，姑苏馆是当时国内规模最大、建筑最豪华的驿馆，号称“雄丽冠三吴”。遥想当年，护城河两岸，商贾云集，列肆兴旺，河上往来不断的船只，送出了鱼米之乡的稻米茶叶，送出了精妙绝伦的丝绸刺绣，而像水一样流进胥门的则是白花花的银子，“银胥门”演绎出令人赞叹的城市传奇。

护城河西岸边竖立着三块碑石的地方就是皇亭街。1684 年，康熙皇帝南巡至苏州，告诫地方官员要“爱民、奉公、守法、体恤民隐”。当时巡抚汤斌把皇上这段行程的经过及面谕勒石树碑在此，并为石碑建筑了一座万寿亭，老百姓习惯称其为“皇亭”，于是这条街就叫皇亭街。

到了夜晚，在灯光的映照下，胥门一带分外迷人，成为古城河船游线上一道亮丽的美景。每年元宵节，古胥门城楼遗址、百花洲公园及周边区域，还会举办灯会，这场全面展示吴地悠久历史的大型民俗文化活动，使得几百年前的热闹场面得以再现。

山塘街

入半塘

◎唐·赵嘏

画船箫鼓载斜阳，烟水平分入半塘。
却怪春光留不住，野花零落满庭香。

苏州山塘街由东向西，行三里半，有一座半塘桥，所谓“七里山塘，行至半塘三里半”。山塘街可以分为东、西两段，东段从阊门渡僧桥起至半塘桥。这一段大多是商铺和住家，各种商店一家挨着一家，其中又以星桥一带最为热闹繁华。西段指半塘桥至虎丘山。这一段渐近郊外，河面比东段要开阔，河边或绿树成荫、芳草依依，或蒹葭苍苍、村舍野艇。唐代诗人赵嘏的《入半塘》就是写乘坐游船荡漾在半塘一带所见到的山塘街的景致。

▲ 山塘临水民居

赵嘏（约 806—约 853），字承佑，楚州山阳（今江苏淮安）人，年轻时四处游历，唐会昌四年（844）进士及第，一年后东归。后复往长安，入仕为渭南尉。赵嘏才华横溢，颇有诗名。

这首诗描写的是山塘街的晚春景色。前两句“画船箫鼓载斜阳，烟水平分入半塘”描写了山塘河中游船来来往往的情景，那些画舫装饰华美，船上笙箫悠扬，鼓乐并作，在山塘河中缓缓而行，河水映着斜阳，水面波光粼粼。半塘桥就在七里山塘的中间，风景独异。山塘河自东向西过半塘桥后，水面就显得开阔了，两岸绿柳拂风，参差枕水人家。后两句“却怪春光留不住，野花零落满庭香”重点写山塘河两岸的景色，两岸除了绿柳以外，还有盛开的野花，虽然意境零落，但是依旧花香怡人。正是晚春时节，诗人不禁感叹大好春光无法留住，眼前的红栏绿浪、画舫珠帘、小桥流水分明就是一幅典型的姑苏水巷风貌图。

半塘是山塘东、西两段的分界点，其本身也风景秀丽，有众多诗咏为证，赵嘏的《入半塘》是其一，南宋范成大的《半塘》“炊烟拥柁船船过，芳草缘堤步步来”，清代朱宗淑的《虎丘竹枝词》“一种清香远近闻，半塘桥外月初斜”，以及姚承绪的《半塘》“烟迷杨柳楼头影，风吹芙蓉槛外香”，诗人们用各自的视角，描述着半塘的美丽风光。

山塘街始建于唐代宝历年间，宝历元年（825）白居易任苏州刺史。任上，白居易开凿了从阊门到虎丘的水路，葑土筑岸，间植“桃李莲荷数千株”。所谓“花嫣柳媚，十二红楼涵绿水。远树迷离，红雨蒙蒙暗曲堤”。每到春日，柳枝萌发新绿，便会带给古街以青春的气息，而柔嫩的柳枝轻拂绿水，又有“杨柳岸，晓风残月”的意境。半塘柳也就成为山塘的标志性景观之一，时时被人所咏叹：“风吹柳条丝丝长，半烟半雨垂半塘。”白居易的诗作《武丘寺路》，虽题为虎丘，诗中却说的都是山塘：“自开山寺路，水陆往来频。银勒牵骄马，花船载丽人。芰荷生欲遍，桃李种仍新。好住湖堤上，长留一道春。”描绘了一幅桃红柳绿、人来人往的热闹春景。

“上有天堂，下有苏杭。杭州有西湖，苏州有山塘。”而今的山塘街是国家AAAA级景区，中国历史文化名街，“姑苏第一街”，全长3600米，因此被称为“七里山塘”。

一千多年前山塘河的开凿和山塘街的修建，大大便利了灌溉和交通，它一头连接繁华商业区阊门，一头连着花农聚集的虎丘镇和名胜虎丘山，因此，自唐代以来一直是商品的集散之地，南北商人的聚集之处。清乾隆年间，画家徐扬创作的《姑苏繁华图》就描绘了当时苏州的山塘街，展现出“居货山积，行人流水，列肆招牌，灿若云锦”的繁华市井景象。如今这里依旧商铺云集，人来人往，千年的繁华也延续至今。

山塘街是姑苏的缩影。苏州是个水乡，河道多，桥也多。那沿河的石栏杆、水码头，有的挑前，有的缩进；那用石条凌空架起的河滩踏步，半截砌在驳岸里，半截露在外面；那临水而建的木质小楼，前门是街，后门有河，组成了一幅高与低、曲与直、虚与实、藏与露、明与暗的姑苏风貌图，和谐统一，相映成趣。

山塘街傍着山塘河，河街又组成了幽幽水巷。曾经，这河上装载着茉莉花、白兰花及其他货物的船只来来往往，如今，游船画舫仍在缓缓而过。

据说，乾隆皇帝也对山塘街分外青睐，他曾两次在北京建苏州街。一次是公元 1761 年孝圣宪太后七十大寿时，建在万寿寺紫竹院玉河旁；一次是公元 1792 年，建在御苑清漪园万寿山北侧。这两条苏州街都是以山塘街为蓝本的。可以说，在乾隆皇帝的眼里，苏州街就是山塘街，而这山塘街就是老苏州的缩影，吴文化的窗口。

▼ 山塘河

山塘街，表面看上去是热闹繁华，细细探究则是质朴悠远、深刻厚重。随处在街上走走，众多的古桥、会馆、祠堂、牌坊，以及至今仍在上演的各种民俗节庆活动，处处都是岁月的印痕，处处都是历史的积淀。尤其是那青山桥东明代张溥文中的五人墓、葛贤墓，古祠堂里成立起来的中国近代史上第一个革命文化团体“南社”，还有那100多处书写着忠孝节义的忠义祠、节孝坊……更在向我们诉说，一向以“软”出名的苏州人骨子里的“硬”。

山塘街，一条走过千年、浓缩苏州、烙印历史的七里古街，向我们展示着它的古韵今风。

▲ 义风园五人之墓

▲ 南社

平江府

◎宋·文天祥

平江路

楼台俯舟楫，城郭满干戈。
故吏归心少，遗民出涕多。
鸠居无鹊在，鱼网有鸿过。
使遂睢阳志，安危今若何。

宋、元两代，“平江”实为苏州的城名。北宋政和三年（1113），苏州升为平江府，领吴县、长洲、昆山、常熟、吴江五县，辖区相当于今天的苏州和上海的嘉定、宝山等地。到了元朝至元十三年（1276），平江府被改为平江路。宋代的平江府和今日的苏州位置大致相仿。平江府的概貌，在今天仍保存完好的碑刻地图《平江图》上清晰可见。当年“河街相邻，水陆并行”的双棋盘格局，奠定了后世苏州城的基础。

文天祥（1236—1283），字宋瑞，又字履善，自号文山，吉州庐陵（今江西吉安）人，南宋末文学家。又与陆秀夫、张世杰并称为“宋末三杰”。南宋宝祐四年（1256）举进士第一，官到右丞相兼枢密使。被派往元军军营谈判，被扣留，又被拘至镇江，后脱险，由通州泛海南下，坚持抗元。

这首诗就是文天祥在平江府时所作。当时平江府为江南第一大都会，繁华不亚于临安，但是元军大举南侵之时，平江府岌岌可危。诗人所写的就是当时平江府的情况。首联“楼台俯舟楫，城郭满干戈”写登楼台俯瞰水中舟楫，满眼的城池被战乱所祸害。颔联“故吏”和“遗民”都是悲苦不已。颈联“鸠居无鹊在，鱼网有鸿过”中的“鸠居”出自《诗经·召南·鹊巢》“维鹊有巢，维鸠居之”，比喻元军如鸠鹊，占领南宋故地。尾联用典：唐代“安史之乱”睢阳有唐军七千坚守，歼灭叛军十多万，诗人希望宋军能如睢阳之战一般，打退元军。

南宋德佑元年（1275）时任赣州（今江西赣州）知州的文天祥，散尽家资招兵买马，数月内组织义军三万，开始了戎马生涯。八月，文天祥率兵到临安（今浙江杭州），不久出任平江府（今江苏苏州）知府，奉命驰援常州。最后元军攻入常州，文天祥被召令弃守平江，退守余杭。南宋祥兴元年（1278）兵败被俘，四年后于大都就义。著有著名的《过零丁洋》诗，留下了“人生自古谁无死，留取丹心照汗青”的千古名句。

赵匡胤建立宋朝后欲平定天下，南唐后主李煜为了表示臣服，削去南唐国号，改成“江南国”。不久赵匡胤遣吴越国钱镠发兵平定了江南国，开宝八年（975），苏州始称平江。平江者，平定江南也。宋元之际，苏州先后被称为平江军、平江府和平江路，直至明代开国，才复称苏州府。平江还有另一种说法，苏州人更愿意接受，那就是“平地起江，水与江平”，对于苏州这座东方水城，这样的解释也颇有诗意。

现今的平江路取名源于宋时苏州称“平江”，古名叫作“十泉里”，因该路有古井十口。平江路南起干将东路，北越白塔东路和东北街相接，平江路全长1606米。早在南宋的苏州地图《平江图》上，平江路即清晰可辨，是当时苏州东半城的主干道。800多年来，平江路的河流形态、街道建制与原先基本相仿，仍保留着“水陆并行，河街相邻”的双棋盘格局。平江路一带是苏州保存最典型、最完整的历史文化街区，与观前街一巷之隔，但其清静古朴的生活气息与咫尺外的鼎沸喧哗迥然两个世界。

平江路是一条沿河的小路，其河名为平江河。河上行走的是摇橹船，路也不宽，仅可过人力车而已。清晨，阳光温柔地洒在青石板街面，几声鸟鸣，几句寒暄，潺潺水声伴在耳边，清风拂面，心生微笑。漫步在平江路上，你还会发现有很多的石桥，从北端的东北街开始至南边的干将路，总

▼ 平江河

共有 17 座桥，每一座桥都有不同的特色，是城内桥梁最密的一条河道，具有典型的水乡特色。

▲ 平江路古井

平江路周围保留了大批老式民宅。河道西面的民居多依河而建，上了年纪的老房子，白墙青瓦，木栅花窗，木料多用棕红或棕黑色，清淡分明。外墙多已斑驳，却如丹青淡剥。墙面剥落处又攀生出许多的藤萝蔓草，随风摇曳，神采灵动。江南匠人的心思玲珑，把园林美学发挥到了极致。

平江路两边的巷子里，大户人家比邻而居，其中不乏声名显赫之士。卫道观前 1 至 8 号，是座保留较好、建筑群落较大的住宅——礼耕堂，曾是清乾隆、嘉庆年间，被誉为富甲苏城的“富潘”的祖宅；南石子街有清代咸丰年间探花、军机大臣潘祖荫故居；悬桥巷 27 号为清末状元洪钧和赛金花的故居桂荫堂；悬桥巷顾家花园 4 号和 7 号是中国现代著名历史学家顾颉刚的故居；清代大藏书家黄丕烈也曾居住在悬桥巷……

“先有平江府，再有苏州城。”平江路的小桥、流水、人家及幽深的古巷无不见证着历史的变迁。今天的故事仍在上演，河水还在静静地流淌，古树依旧苍翠挺拔，听一曲评弹，品一杯香茗，寻着一个丁香一样的姑娘，美妙的时光就在这江南的水乡氤氲着……

▲ 平江路上的老宅

▲ 洪钧故居

桃花坞

桃花庵歌

◎明·唐寅

桃花坞里桃花庵，桃花庵里桃花仙。
桃花仙人种桃树，又摘桃花换酒钱。
酒醒只在花前坐，酒醉还来花下眠。
半醒半醉日复日，花落花开年复年。
但愿老死花酒间，不愿鞠躬车马前。
车尘马足贵者趣，酒盏花枝贫者缘。
若将富贵比贫者，一在平地一在天。
若将贫贱比车马，他得驱驰我得闲。
别人笑我忒疯癫，我笑他人看不穿。
不见五陵豪杰墓，无花无酒锄做田。

这首诗是明代著名画家、诗人唐寅的经典诗作，可谓他诗词中最著名的一首。

唐寅（1470—1524），字伯虎，一字子畏，自号六如居士、桃花庵主。明苏州府吴县（今江苏苏州）人，出身于阊门内皋桥吴趋坊一商贾人家，早年风华文采，倾动一时。明成化二十一年（1485），考中苏州府试第一名，进入府学读书。明弘治十一年（1498），考中南直隶乡试第一（解元），入京参加会试。第二年卷入徐经科场舞弊案，坐罪入狱，从此，游荡江湖。弘治十八年（1505），唐寅用卖画所得的钱买下宋代章粢别墅的遗址，改名“桃花庵”，自称桃花庵主，隐居于此，生活在桃林仙境中，埋没于诗画之间，终成一代名画家。绘画上，与沈周、文徵明、仇英并称“吴门四家”，又称“明四家”；诗文上，与祝允明、文徵明、徐祯卿并称“吴中四才子”。

“桃花坞里桃花庵，桃花庵里桃花仙。桃花仙人种桃树，又摘桃花换酒钱。”起首四句，有如一个长镜头，由远到近，将一个画里神仙陡然呈现在读者面前。短短四行，重复用了六个“桃花”，循环复沓，前后勾连，浓墨重彩，迅速堆积出一个花的世界，使人一下子落入诗人所设定的情境之中。

事实上，整首诗描绘了两幅画面。一幅是在朝大官和富人的生活场景，“鞠躬车马前”“车尘马足”“驱驰”等十几个字，就把他们的生活场景传神地勾勒了出来。另一幅则是唐寅自己的生活场景，“又摘桃花换酒钱”“酒醒只在花前坐，酒醉还来花下眠”“半醒半醉日复日”“但愿老死花酒间，不愿鞠躬车马前”，既是生活状态，又是生活态度。

《桃花庵歌》全诗以逍遥自在的桃花仙人自比，明白如话。从诗中可以看出唐寅完全看透了世态炎凉，宁愿过自由自在的田园生活。明朝正德年间，宁王朱宸濠打听到唐寅的名声，许以重金把他骗到南昌，唐寅不久就察觉到宁王意图谋反，为了脱身回到故里，只能无奈地佯装疯癫。后来朝廷平定了宁王的叛乱，唐寅幸而及早脱身避免了杀身之祸。这次经历给他本就悲惨的人生加上了更致命的打击。年仅 54 岁的唐寅在贫困潦倒中走

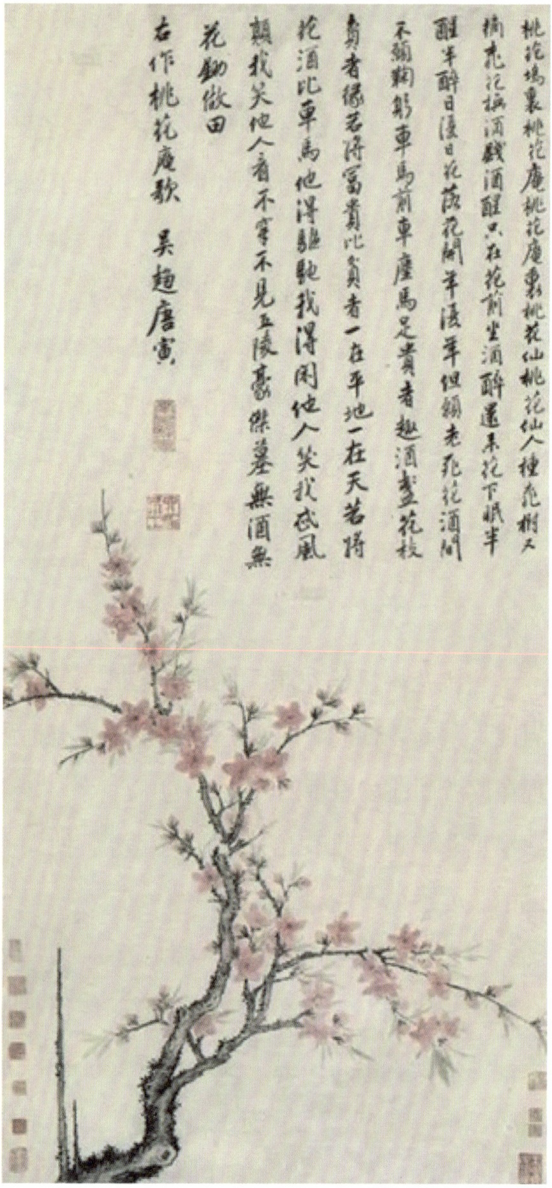
桃花塢裏桃花庵桃花庵裏桃花仙桃花仙人種花樹又
摘花枝換酒錢酒醒只在花前坐酒醉還來花下眠半
醒半醉日復日花落花開年復年但願老死花酒間
不願鞠躬車馬前車塵馬足貴者趣酒盞花枝
貧者緣若將富貴比貧者一在平地一在天若將
花酒比車馬他得驅馳我得閑他人笑我忒風
顛我笑他人看不穿不見五陵豪傑墓無酒無
花鋤做田
右作桃花庵歌　吴趨唐寅

▲ 明·唐寅《桃花庵歌图》

完了人生的历程。他死后，最初是葬在桃花坞，当时是由他的亲朋好友王宠、祝允明、文徵明等人凑钱安排的后事。后来移到了苏州城西，就是现在的“唐寅园”。

唐寅前半生春风得意，后半生困顿潦倒，结合《桃花庵歌》，还有陶渊明的《桃花源记》，“桃花”这个意象除了“春天的代表”之外，又多了一层含义，那就是世人向往的一种逍遥、归隐生活的象征。敦煌曲子词《浣溪沙·谒金门》（仙境美）中，更是直接道出了桃花与仙境的关系：“仙境美，满洞桃花渌水。”可见“桃花”在一些文人心中，是仙界景物。以“桃花仙人”自居的唐寅也在桃花庵找到了内心的平静和归属。尽管桃花仙人已仙去，仙踪已不可寻，但留下的诗画和精神，如今依然脍炙人口，真可谓“人面不知何处去，桃花依旧笑春风”！

诗中的桃花庵，即唐寅故居遗址，在今天桃花坞一带。桃花坞，是今天苏州市桃花坞大街及其周边地区。歌咏桃花坞的诗作众多，元人徐大焯《烬余录》中记载唐代杜荀鹤曾作《桃花河》诗，但已失传，宋范成大《阊门泛槎》诗有“桃坞论今昔”句，都可见桃花坞名字由来已久。

桃花坞一带筑园历史悠久，汉代一位张姓长史在这里建造了苏州历史上最早的私园“五亩园”。北宋年间，一位梅姓宣义郎在此筑台建园，柳堤花坞，风物一新，仍名“五亩园”，时人称之“梅园”。园中清池奇石、亭台楼阁错落有致。五亩园建成后不久，北宋名将章楶在园南，种植桃花千百株，筑“桃花坞别墅”，人称“章园”。明代，江南才子唐寅在桃花坞筑桃花庵；尚书杨成在此筑五峰园；文徵明曾孙文震孟、文震亨设计修建艺圃……这里吸引着众多文人名士前来雅集定居。此地更因遍植桃李，景致怡人，宛如桃林仙境一般，一度成为文人墨客郊游胜地。

至今为止，桃花坞片区仍是以居住为主的片区，尤其是桃花坞大街南侧依然是古城传统风貌较完好的地区之一，文化遗存也相当丰富。对照宋《平江图》，桃花坞大街南侧基本延续了唐宋以来的城坊格局。

2010 年，苏州市政府提出了“整治环境，改善民生，传承文化，发展旅游”的十六字方针，致力于把桃花坞历史文化片区打造成吴文化的重要

▲ 唐寅故居俯瞰图

窗口，非物质文化遗产的集中展示地，古城旅游的新亮点。目前可以看到的主要为一期工程的唐寅故居文化区和泰伯庙阊门西街文化区。其中，唐寅故居文化区为主景区。

唐寅故居文化区主要由六大部分组成，分别为文化特色酒店、唐寅故居遗址、非遗文化展示馆、文昌阁、文化产业综合街区和唐寅祠。

明清时期桃花坞也曾是苏州极为繁华的地段，这里主要集中了众多非遗文化和手工艺作坊。截至目前，拥有 25 项非物质文化遗存，包括桃花坞木刻年画、制扇技艺、昆曲、苏州明式家具制作技艺等。这其中最具代表性的就属桃花坞木刻年画，与天津的杨柳青年画并称为“南桃北柳”。桃花坞木刻年画制作模板的材质就取自桃木，最初也曾用桃花蘸水，充当其染料之一，内容均来源于桃花坞当地的民俗风情、趣闻轶事。如今行走在文创街区，桃花坞木刻年画展示馆、姑苏文化新经济展示中心、各类手工

▲ 桃花坞春景

艺术临展中心，映入我们的眼帘，桃花坞将众多非遗在传承的基础上，研发出新的生命力，通过创新的形式将其推向全球各地。

▲ 绣琴亭

▼ 唐寅故居文化区景

第二部分

古典园林篇

沧浪亭

初晴游沧浪亭

◎宋·苏舜钦

夜雨连明春水生，娇云浓暖弄阴晴。
帘虚日薄花竹静，时有乳鸠相对鸣。

沧浪亭是苏州现存最古老的园林，向以“崇阜之水”“城市山林”著称。宋代诗人苏舜钦买下废园，进行修筑，傍水造亭，因感于“沧浪之水清兮，可以濯吾缨；沧浪之水浊兮，可以濯吾足”，题名“沧浪亭”，自号沧浪翁，并作《沧浪亭记》。后时时携酒独往沧浪亭吟诗漫步，这首诗就是在此背景下写成的。

▲ 沧浪亭入口

▼ 清·王翚《沧浪亭图》

苏舜钦（1008—1048），北宋诗人，字子美，梓州铜山县（今四川省中江县）人，生于开封，曾任县令、大理评事、集贤殿校理、监进奏院等职。因支持范仲淹的庆历革新，为守旧派所恨，庆历四年（1044），御史中丞王拱辰让其属官弹劾苏舜钦，劾其在进奏院祭神时，用卖废纸之钱宴请宾客。结果被罢去官职，苏舜钦激愤不已，他带着心灵上的创痛，流寓苏州。后来复起为湖州长史，但不久就病故了。

这首诗第一句“夜雨连明春水生”写雨一夜不停地下到第二天天明，诗人早晨看到亭前的水池里涨满一池春水。第二句“娇云浓暖弄阴晴”写天上轻柔的云彩似乎在水池中不断变换云影，因为天气由阴转晴，太阳也从云缝中露出了笑脸，天气也给人送来暖意。“娇”“弄”两字神韵毕现，描绘出时而薄云遮日、时而云破日出的阴晴不定的景象。前两句描写了一幅生机勃发、静谧安宁的画面。春日雨霁，亭前池子里的水涨了不少，天上轻柔的云不断在池中变幻着倩影。第三句“帘虚日薄花竹静”写花竹静立，淡淡的阳光从屋子里的帘子透进来，花竹经过一夜雨水的洗涤，枝叶上水珠还在，静静地伫立在那里。第四句“时有乳鸠相对鸣”写不时传来乳鸠的鸣啼，凸显出“鸟鸣山更幽”的意境，表现环境的静谧。全诗无一字言情，但景中寓情，以景传情，表现了诗人闲适恬静、由衷喜爱沧浪亭景色的心情。

诗人喜爱这“初晴”时的幽静境界是有缘由的。苏舜钦以迁客身份退居苏州，内心愁怨很深。在他看来，最能寄托忧思的莫过于沧浪亭的一片静境，所以这首诗描写的就是沧浪亭静谧优雅的环境，反映了诗人闲适的心情。❶

苏舜钦寄情沧浪山水，留下众多与沧浪亭和苏州有关的诗文：《沧浪亭》中“高轩面曲水，修竹慰愁颜”，《沧浪静吟》中“山蝉带响穿疏户，野蔓盘青入破窗”，《沧浪亭怀贯之》中“秋色入林红黯淡，日光穿竹翠玲珑”，诗中既是描绘园中美景，亦是抒发闲雅心境。欧阳修是苏舜钦的好友，他的“沧浪有景不可到，使我东望心悠然”，说得不禁也让人心神向往了。苏舜钦的另一位好友梅尧臣，也曾作诗《寄题苏子美沧浪亭》：“竹树钟已合，鱼蟹时可罾。春羹芼白菘，夏鼎烹紫蕈。”这种悠然自得的生活，恐怕也是梅尧臣向往的吧。

沧浪亭自五代以来就享有盛名，相传五代十国晚期，吴越王钱俶妻弟孙承佑，于北宋开宝二年（969）任中吴军节度使，曾于沧浪亭营建别墅（一说广陵王钱元璙池馆）。

北宋庆历五年（1045）时，苏舜钦遭贬后流寓苏州，见孙氏旧园遗址高爽静僻，野水萦回，心生爱意，并以为数不多的四万钱购得，始在水旁筑亭于北山上。

此后，园子又几度兴废，屡易其主。南宋绍兴初年，园子为抗金名将韩世忠所得，在两山之间筑飞虹桥，并筑有寒光堂、冷风亭、斓运堂、濯缨亭、瑶华境界、翠玲珑、清香馆等。元代，沧浪亭废为僧居，先后为大云庵、妙隐庵等。清康熙三十四年（1695）宋

▲《重修沧浪亭记》碑

---

❶ 参见：http://www.shangshiwen.com。

▲ 沧浪亭外部水景

荦抚吴，重修沧浪亭，把傍水亭子移建于山之巅，并得文徵明隶书“沧浪亭”三字，自作《重修沧浪亭记》，形成今天“沧浪亭”的布局基础。

现如今，沧浪亭占地约10800平方米，是苏州古典园林代表之一，具有宋代造园风格，是写意山水园的范例。沧浪亭历经兴废更迭，远非宋时原貌，但山丘古木，苍老森然，还保持一些当时的格局，建筑物也较朴实厚重，并无雕梁画栋、金碧辉煌的奇巧，呈现出古朴遒劲、饱经沧桑的气韵。

遍览苏州园林，绝大多数古典园林有围墙，都是将园中之水当作了创作主体。而沧浪亭以水为基本立意，借高墙之外的古河葑溪之水来为园林增色，可谓独树一帜，这就是被造园界称为典范的“以水环园”景观。因有园外一湾河水，沧浪亭在面向河池一侧不建园墙，而设有漏窗的复廊。长廊曲折，敞一面，封一面，间以漏窗，空间封而不绝，隔而不断。外部水面开朗的景色破壁入园，使沧浪亭园内的空间顿觉开朗扩大，可见造园家匠心独具。

沧浪亭内整体以山林为全园的核心，入门即见黄石为主、土石相间的假山，山上古木新枝，生机勃勃，翠竹摇影于其间，藤蔓垂挂于其上，自有一番山林野趣。山下凿有水池，建筑亦大多环山，并以曲折的复廊相连。通过复廊上的漏窗渗透作用，沟通园内、外的山、水、建筑，使水面、池岸、假山、亭榭融成一体。

▲ 复廊

沧浪亭隐藏在山顶上，亭的结构古雅，亭柱上镌刻对联“清风明月本无价，近水远山皆有情”，是后人集欧阳修与苏舜钦的诗句所得。明道堂是园中最大的主体建筑，位于假山东南部，面阔三间。翠玲珑馆连贯几间大小不一的旁室，前后芭蕉掩映，并植以各类竹子 20 余种。同翠玲珑馆相邻的是五百名贤祠，祠中三面粉壁上嵌有 594 幅与苏州历史有关的人物平雕石像，为清代名家顾汀舟所刻。印心石屋位于园中西南处，为一假山石洞。看山楼位于山中，与仰止亭和御碑亭等建筑映衬。

▲ 沧浪亭

▲ 翠玲珑

园主苏舜钦曾“一径抱幽山，居然城市间”，而今我们也可以品赏沧浪亭四时佳致：春坐翠玲珑赏竹，夏卧藕花小榭观荷，秋居清香馆闻桂，冬至闻妙香室探梅……只是现在不必再为“出世”“入世”烦恼，大可高山仰止，追求人生更高境界。

▲ 明道堂

▲ 看山楼

狮子林即景十四首（其十三）

◎元·释惟则

乌啼花落屋西东，柏子烟青芋火红。
人道我居城市里，我疑身在万山中。

狮子林

苏州古典园林具有“多方胜景，咫尺山林”的独特魅力，狮子林更是将“城市”与“山林”合为一体，闹中取静，有一种城市里的山水情怀。

▲ 狮子林照壁

释惟则（1286—1354），元僧人、文学家。又作维则，字天如，本姓谭，名吉之，庐陵（今江西吉安）人。天如禅师少时出家，初参海印，长于诗文，后得法余杭吴山高僧明本（号中峰）。

苏州园林叠山理水，山水这两种景物的处理上最能体现苏州园林的特点。这首诗的一、二句“乌啼花落屋西东，柏子烟青芋火红”写的是狮子林的景色，鸟从林中鸣，林从水边生，水从山下流，山从城中立。花开花落，

▼ 狮子林假山

色彩多变。狮子林以假山出名，假山堆叠构思非常巧妙，游览者远望的时候仿佛观赏古人的工笔画，酷似倪瓒的山水画，登假山或观赏假山时忘却身在苏州城市，只觉得身在山间。

这首诗的三、四句“人道我居城市里，我疑身在万山中”写的是狮子林的假山。狮子林的景物以山为主，全用太湖石堆叠而成，有的巍峨雄浑，有的瘦削娟秀，嵌空玲珑，盘旋曲折，重峦叠嶂，完全给人一种城市山林的错觉。在几座小山上种植少许竹子花木，到了春天，万木葱绿，更显得山石嶙峋；到了深秋，万木萧条，就成疏木寒山了。这些艺术创造，是设计者和匠师们“生平多阅历，胸中有丘壑”的结果。在一群建筑里，能做到有山林，有小桥，有流水的，恐怕也只有苏州园林了。走在铺着鹅卵石的路面，如同置身山林，山不高，树荫却很葱郁，心情很舒畅。坐在亭子里乘凉，听鸟语闻花香，看小鱼儿在水底嬉戏，让人忘记时间，忘记烦恼。

元至正元年（1341），天如禅师从浙江来到苏州讲经，受到弟子们拥戴。第二年，弟子“相率出资，买地结屋，以居其师”，为天如禅师建禅林。因天如禅师得法于浙江天目山狮子岩普应国师中峰，为纪念佛徒衣钵、师承关系，取佛经中狮子座之意，故名“师子林”，又因园内“林有竹万固，竹下多怪石，状如狻猊（狮子）者”，即园内多怪石，形如狮子，亦名“狮子林”。

▼ 元·倪瓒《师子林图》

狮子林自初建时，就因其环境清幽、奇峰怪石和禅宗意蕴而吸引众多文人墨客前来。天如禅师与倪瓒、高启等文人名士常聚会于狮子林，元人朱德润、倪瓒等都绘制过《师子林图》。明代高启等人频频来园，作《师子林十二咏》等诗作，“疑是天目岩，飞来此林下”“夕卧白云合，朝起白云开”，谈及师子峰、含晖峰、立雪堂、卧云室等景观，可见诗人们对狮子林之喜爱。后该园几经易手，1917 年，为上海颜料巨商贝润生购得，花 80 万银圆，用将近七年的时间整修，并冠以“狮子林”旧名。

狮子林总平面呈东西稍宽的长方形。东部为祠堂、住宅，西部为花园。园子四周以高墙围合，绿树环抱，环境十分幽静。园内叠山理水，构亭筑

▼ 燕誉堂

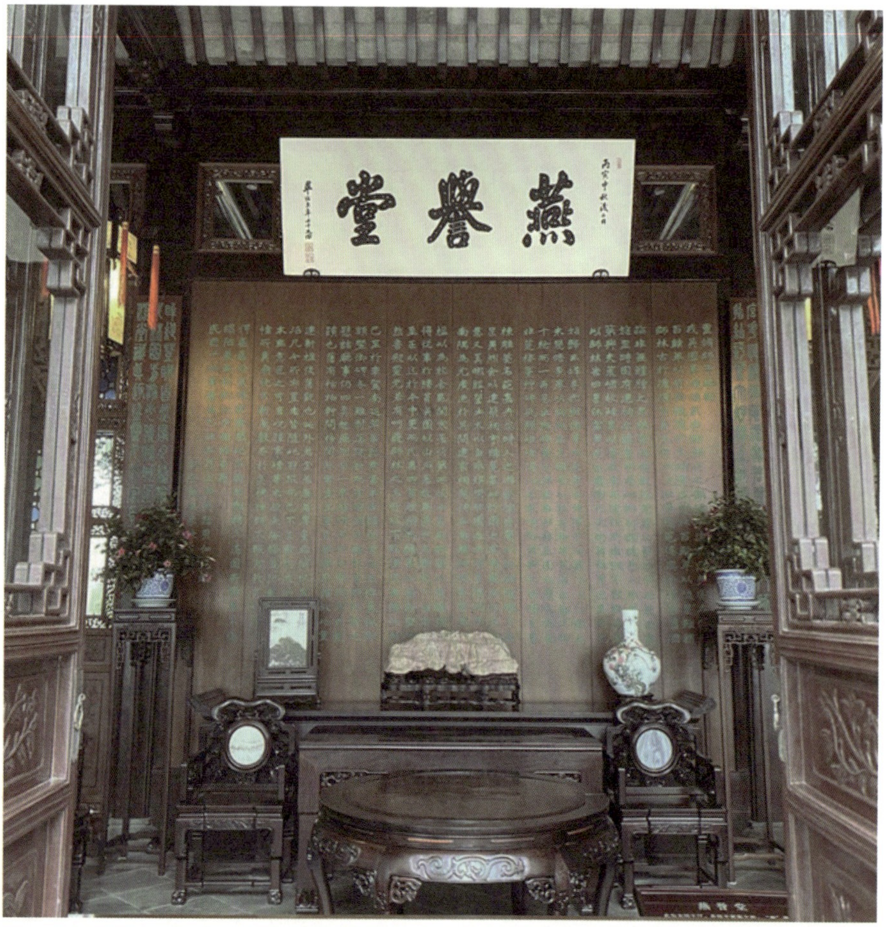

屋，栽花植木，融文人意象、禅宗理法、皇家风范、民俗风情、西洋装饰于一体，又将寺庙、花园、住宅、祠堂、义庄、族学合而为一，是苏州古典园林中雅俗共赏、庄谐杂陈、内涵丰富、风格多样、个性突出、趣味性与知识性完美结合的一座园林。

▲ 揖峰指柏轩

狮子林以湖山奇石、洞壑深邃盛名于世，素有“假山王国”之美誉。狮子林占地面积为10000多平方米，其中假山就占到全园面积的五分之一。假山以小飞虹为界，分为东、西两大部分，东为旱假山，西为水假山。著名园林学者童寯先生在《江南园林志》中说过，狮子林是现存的古代假山中占地面积最大的实例。整座假山像一座曲折迷离的大迷宫，成为中国古典园林中堆山最曲折、最复杂的实例之一。

狮子林假山绝大多数是由太湖石堆叠而成的。这些远古时期就形成的石灰岩，经过了太湖水漫长年代的冲刷，才形成了今天的模样，据说有些湖石甚至是北宋“花石纲”的遗物。

太湖石坚实而润泽，险怪而玲珑，具有“瘦、透、漏、皱”的审美特征。狮子林的这些石峰，造型奇幻，高峻多姿，具备了太湖石的种种美感，让人产生无尽的联想，很多人说像狮子。这些狮子，或立或卧，或俯或仰，千姿百态，顾盼生姿，充满生趣。清朝乾隆皇帝为此着了迷，按图索骥，找到了苏州狮子林，并在此后，每次南巡，必到狮子林，且都留有诗作。可能这样还不足以表达皇帝的喜爱，他还在圆明园和承德避暑山庄仿建了狮子林。可见，在乾隆皇帝眼里，狮子林是“真有趣”啊！

▲ 真趣亭

狮子林还是一个充满佛教禅意的园林。狮子林的前身是禅宗丛林，尽管几经更替，但它始终保持了禅宗的意韵、丛林的遗风。佛教中佛祖说法被称为狮子吼，高僧的法座被称为狮子座。立雪堂，为讲经说教之堂，其名取自慧可和尚少林立雪之典。达摩祖师在少林修禅时，慧可为拜师在门外站了一个晚上，积雪没膝，后被达摩祖师收为弟子，修成正果，成为禅宗二祖。卧云室，为僧人休居的禅房，古人常以云来比喻峰石，小楼卧于假山之上，所以取诗句“何时卧云身，因节遂疏懒”而得名。指柏轩、问梅阁等，都是以禅宗公案命名。

狮子林几经兴衰，从禅宗思想，到传统造园技艺的处处体现，再加上近代西方造园手法的显露，造就了这样一座融禅宗意蕴、园林意趣于一体的苏州古典园林典型代表。

留园

己亥秋日游徐氏东园（其一）

◎明·姜埰

徐氏园林在，招寻独倚筇。
三吴金谷地，万古瑞云峰。
宿莽依寒雁，重潭伏蛰龙。
西园花更好，香帔起南宗。

留园位于苏州阊门外留园路 338 号，以园内建筑布置精巧、奇石众多而知名。1996 年，留园与苏州拙政园、北京的颐和园及承德的避暑山庄一起，作为中国古典园林被列入首批国家重点文物保护单位。因此，这四个古典园林也被称为“中国四大名园”。1997 年，苏州古典园林又被联合国教科文组织列入世界文化遗产，留园就是首批四个典型例证之一。

留园明代称为徐氏东园，为万历太仆寺卿徐泰时营建，因另有西园（今西园寺），故称东园。清初一度废为民居。乾嘉时归洞庭东山人刘恕，其加以重建，改名寒碧庄，俗称刘园。同治年间，归武进盛康，重建扩修，才称作留园。

姜埰（1607—1673），明末清初学者。字如农，号敬亭山人、宣州老兵，山东莱阳人。明崇祯四年（1631）进士，初除密云县令，改知仪真县，有政绩，任礼部主事，选授礼科给事中。因弹劾权贵，受廷杖入狱，谪戍宣城卫。北都先后为李自成军、清军所破，乃移家江南。南明弘光朝以原官用，鲁王又授以兵部右侍郎，皆不就。与弟姜垓流寓苏州，筑敬亭山房，以示不忘敬亭为其戍所。年六十七卒，遂其遗嘱葬宣城，门人私谥“贞毅先生”，立祠于虎丘剑池之侧。

这首诗是诗人寓居苏州时所作。首联“徐氏园林在，招寻独倚筇”写出了徐氏园林的竹子景致。颔联中的“金谷”指地名，即金谷涧，在今河

▼ 留园大门

▲ 古木交柯

南洛阳西北。晋石崇筑别墅于此，也称金谷园。一说苏州环秀山庄，即为五代金谷园故址。“万古瑞云峰”指湖石名峰，后移至苏州织造署。颈联所写的“宿莽”出自屈原《离骚》：“夕揽洲之宿莽。”王逸注：“草冬生不死者，楚人名曰宿莽。”重潭指深潭，蛰龙指潜龙。此联写出了园林建筑的曲径通幽、叠山理水的精巧。尾联写的西园本为徐氏园，后被其子徐溶舍为佛寺即戒幢律寺，香帔指佛龛上的帐幔，南宗指佛教禅宗慧能一派。诗人目睹沧桑，感慨万千，徐氏山水园池都已经颓圮，表达出一种身世飘零、年老离乱的悲哀。

说到石峰，姜埰诗中所提“瑞云峰”，也曾是历代文人歌咏的对象：清代诗人徐崧《题瑞云峰》，清代袁宏道《园亭纪略》中，也盛赞瑞云峰。清乾隆四十五年（1780），瑞云峰迁出东园，移至织造署西花园（现苏州第十中学），保留至今。

而今的留园作为中国大型古典私家园林，占地面积23300平方米，代表清代风格。留园以建筑艺术精湛著称，厅堂宏敞华丽，庭院富有变化，太湖石以冠云峰为最，有“不出城郭而获山林之趣”。其建筑空间处理精湛，造园家运用各种艺术手法，构成了有节奏、有韵律的园林空间体系，成为世界闻名的建筑空间艺术处理的范例。

▲ 五峰仙馆

留园全园分为四个部分，中部以山水见长，东部以建筑为主，西部为湖石堆砌而成的假山群，北部则是田园风光为主，现在辟为盆景园。在一个园林中能领略到山水、田园、山林、庭园四种不同景色。

中部是山水写意园，以水池为中心，东、南面均为高低错落、连续不断的建筑群所环绕，池南岸建筑群的主体是明瑟楼和成船厅形象的涵碧山房。它与北面的可亭隔水呼应成对景，这是江南宅园中最常见的“南厅北山，隔水相望”的模式。西北为山，假山为土石山，用石以黄石为主，雄奇古拙，系16世纪周秉忠叠山遗迹。

东区以曲院回廊见胜，以五峰仙馆为主体建筑形成庭院组合，在鹤所、

▲ 明瑟楼与涵碧山房

石林小院至还我读书处一带，多个小空间交汇组合，门户重重，景观变化丰富，是园林建筑空间组合艺术的精华。东部的林泉耆硕之馆、冠云楼、冠云台、待云庵等一组建筑群围成庭院，院中有水池，池北为冠云峰。冠云峰是留园的“三绝”之一，高 6.5 米，为苏州各园湖石峰中最高者，它取《水经注》“燕王仙台有三峰，甚为崇峻，腾云冠峰，交霞翼岭”之意而命名。这座秀美的石峰据传说是北宋末年为宋徽宗采办“花石纲”时遗留在江南的一块名石，按照名石的评价标准，具备“瘦、皱、漏、透、清、丑、顽、拙”之美，被誉为中国三大太湖石之一。晚清文人俞樾曾在《冠云峰赞》中说：“太湖一勺，灵岩一拳。冠云之峰，永镇林泉。”可见评价之高。冠云峰左右还立有瑞云、岫云二峰。园内还保存有刘氏寒碧庄时所集印月、青芝、鸡冠、奎宿、一云、拂袖、玉女、猕猴、仙掌、累黍、箬帽、干霄等十二奇石。在东方文化中，山、石是人文性格的物化表现。留园的山石玲珑多姿，既表现了自然之美，也反映了中国自古以来特有的爱石、藏石、品石、咏石、画石的石文化现象。

▲ 冠云峰

北部竹篱小屋，呈田园风貌。景观以盆景为主，陈列盆景名品 500 余盆，还有富有人文气息的假山石。

西部为土阜曲溪，环境僻静，山阜缀黄石，为全园最高处，阜上种植青枫、银杏，沿岸种植桃柳，林木幽深，富有山林野趣，是苏州园林土山佳作。

留园以其独创一格、收放自然的精湛建筑艺术而享有盛名。层层相属的建筑群组，变化无穷的建筑空间，藏露互引，疏密有致，虚实相间，旷奥自如，令人叹为观止。也难怪乎留园能脱颖而出，成为中国四大名园之一了。

▲ 又一村

拙政园

拙政园歌（节选）

◎清·俞樾

销烽息燧东南定，定后东南非昔盛。
丽坊鹤市半荒芜，吴下名园惟拙政。
名园拙政冠三吴，远溯前明创造初。
骢马王公新卜宅，衡山待诏旧留图。

拙政园是典型的江南文人园林，位于苏州古城东北街，规模为现存苏州古典园林之冠。《拙政园歌》（节选）这首诗是俞樾在清代张之万购得拙政园并修葺后所写。诗前有小序说明："张子青同年前辈开府三吴，驻节拙政园，承询斯园故事，因作长歌贻之。"

俞樾（1821—1907），字荫甫，晚号曲园居士，浙江德清人，晚清著名文学家、教育家、书法家。俞氏是德清的望族，道光三十年（1850）庚戌科中进士，入翰林。官至河南学政，后被罢官居苏州。同治十二年（1873）俞樾觉得原来租住马医巷潘世恩旧居太小，便购得潘氏废地一块，"筑三十余楹"，这就是曲园。当时苏州的留园、拙政园等占地都要数十亩，曲园与之相比，"一曲而已"，以曲园为名，主讲紫阳书院。造物弄人，命途多舛。最让俞樾遭受重创的莫过于夫人姚氏的去世、长子早亡、次女绣孙和长兄等亲人的病逝。光绪三十二年（1907），俞樾八十六岁谢世，葬于西湖三台山东麓。

诗的颈联高度赞扬拙政园的名气之大，"名园拙政冠三吴，远溯前明创造初"。据《水经注》记载，吴兴（今属浙江）、吴郡（今江苏苏州）、会稽（今浙江绍兴）为三吴，今泛指江南长江下游一带。拙政园的精致、细腻、布局都是其他园林所无法比拟的。再加上春暖花开，百花争艳，把拙政园装扮得越加美丽。苏州古典园林以水为中心，山水萦绕，厅榭精美，花木繁茂，移步换景，处处充满诗情画意，有浓郁的江南水乡特色，体现了明代园林旷远明瑟、古朴自然的艺术风格。

同治末年到光绪初年，政局初定，苏州虽大伤元气，但很快又恢复到从前繁荣与安逸的样子，人们又做起园林梦，而园林主人也再次大洗牌，留园、网师园分别成为盛康、李鸿裔的私家园林，耦园则成为沈秉成、严永华夫妇枕波双隐的爱情园，吴云也在他的听枫园里研究金石书画，而拙政园因张之万的努力转身为直奉会馆。时在宁绍台道任上的顾文彬遥控指挥儿子顾承营造后花园，为退隐林泉做好准备。俞樾与这些园林因诗文、因友谊而发生联系，留下了弥足珍贵的苏州记忆。

张之万修葺拙政园之后，俞樾为之撰写《拙政园歌》，说"吴下名园惟拙政”，还为拙政园的南轩题写“听香深处”。有意思的是，他为盛康的留园也写过一篇《留园记》：“咸丰中余往游焉，见其泉石之胜、花木之美、亭榭之幽深，诚足为吴中名园之冠。”

▲ 梧竹幽居

俞樾撰写《拙政园歌》时，该园已经存在三百多年了。明正德初年（16世纪初），因官场失意还乡的御史王献臣，以大弘寺址拓建为园，取晋代潘岳《闲居赋》中“灌园鬻蔬，以供朝夕之膳……此亦拙者之为政也”意，取名“拙政园”。园中点缀花圃、竹丛、果园、桃林，建筑物则稀疏错落，共有堂、楼、亭、轩等三十一景，形成一个以水为主、疏朗平淡、近乎自然风景的园林。嘉靖十二年（1533），应王献臣的邀请，文徵明依照园中景物绘图三十一幅，各系以诗，并作《王氏拙政园记》。“流水断桥春草色，槿篱茅屋午鸡声”“春光烂漫千机锦，淑气熏蒸百合香”“朱栏光炯摇碧落，杰阁参差隐层雾”分别描述初建园时若墅堂前的田园风光、繁香坞的春花烂漫和小飞虹的色彩缤纷。

拙政园建成后，王献臣经常邀请当时的文化名人来家中聚会，沈周、文徵明自是其座上嘉宾，文徵明为园作画、作诗、作文，书法“三大家”之一的王宠也有《王侍御园林四首》，“园居凭水竹，林观俯山川。竟日

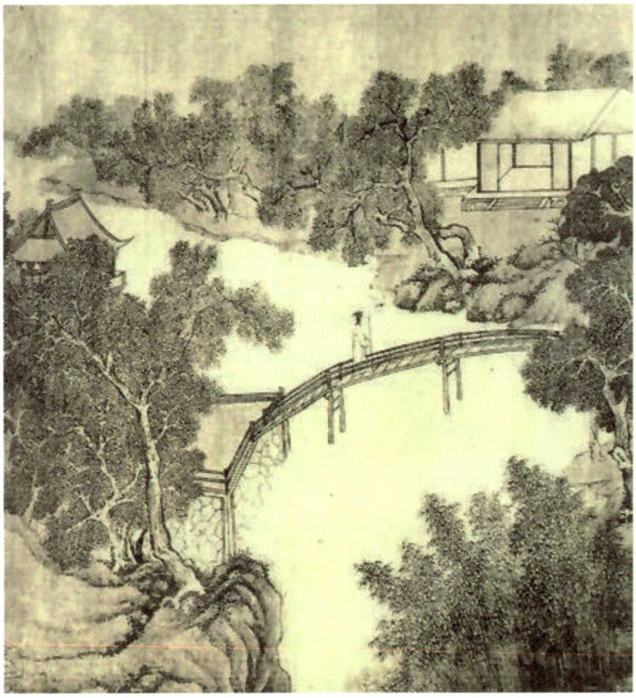

▲ 明·文徵明《拙政园三十一景图·小飞虹》

云霞绕，冥心入太玄……”咏唱园中美景和园主闲雅生活。拙政园诗作中不得不提的还有篆刻在“香洲”船舱内的，明末清初吴伟业“梅村体”的《咏拙政园山茶花》。这首歌行体长诗，以山茶花为题，讲述的却是拙政园的历史变迁，诗中人物的身世荣辱。这首诗与文徵明的画并称为“文画吴诗”。

纵观拙政园的历史，许多在历史舞台上叱咤风云的人物都曾在这里留下他们的印记。例如，明末御史、刑部侍郎王心一，明末清初江南文豪钱谦益和爱妾柳如是，清初海宁大学士、礼部尚书陈之遴，平西王吴三桂的女儿、女婿，太平天国忠王李秀成，吴县富商张履谦，江苏巡抚李鸿章和张之万，他们都曾做过拙政园主人。辛亥革命后江苏都督程德全在园内召开江苏临时省议会；抗战胜利后，爱国诗人柳亚子在园内办过“社会教育学院”。相传，康熙年间，《红楼梦》作者曹雪芹的祖父曹寅担任苏州织造，织造衙门设在葑门，而家眷住在拙政园内。曹寅升迁江宁织造时，推荐内弟李煦接替，家眷住在园内达二三十年之久。

如今，拙政园作为江南园林的代表，被列入《世界遗产名录》，它与北京颐和园、承德避暑山庄、苏州留园一起被誉为“中国四大名园”。

拙政园是我国民族文化遗产中的瑰宝，是江南古典园林中的佳作，其布局设计、建筑造型、书画雕塑、花木园艺等方面都有独到之处，被誉为“天下园林之母”。

拙政园全园占地 78 亩[1]，分为东、中、西和住宅四个部分。住宅是典型的苏州民居，现布置为园林博物馆展厅。拙政园中现有的建筑，大多是清咸丰九年（1859）拙政园成为太平天国忠王府花园时重建，至清末形成东、中、西三个相对独立的小园。

东部，曾取名为“归田园居”，为明崇祯四年（1631）刑部侍郎王心一命名。整个东部景区以田园风光为主，面积约 31 亩，因归园早已荒芜，后全部新建，布局以平冈远山、松林草坪、竹坞曲水为主，配以山池亭榭，

▼ 天泉亭

❶ 1 亩≈ 666.67 平方米。

▲ 拙政园借景北寺塔

仍保持疏朗明快的风格，主要建筑有兰雪堂、芙蓉榭、天泉亭、缀云峰等。

中部是拙政园的主景区，为全园精华所在。面积约 18.5 亩，其山水布局处理上的“一池三岛”格局，成了后世园林创作的典范。入口处的倚虹轩旁，向西眺望时，在亭台楼阁之旁，在小桥流水之上，在古树花木之间，屹立着一座宝塔。园主成功地将园外北寺塔引入视野，这一借景手法，堪称园林景观设计的经典之作。

中部总体布局以水池为中心，池水面积占全园面积的五分之三，亭台楼榭临水而建，布置了形体不一、高低错落的建筑，主次分明。总体格局仍保持明代园林浑厚、质朴、疏朗的艺术风格。以荷香喻人品的远香堂为中部拙政园主景区的主体建筑，位于水池南岸，隔池与东西两山岛相望，池水清澈广阔，遍植荷花，山岛上各建一亭，西为雪香云蔚亭，东为待霜亭，四季景色因时而异。

远香堂之西的倚玉轩与船舫形的香洲遥遥相对，两者与北面的荷风四面亭成三足鼎立之势，都可随时赏荷。倚玉轩之西有一曲水湾深入南部居宅，这里有三间水阁——小沧浪，它以北面的廊桥——小飞虹分隔空间，构成一个幽静的水院。中部景区还有微观楼、玉兰堂、见山楼等建筑及精巧的园中之园——枇杷园。

西部原名为“补园”，面积约12.5 亩，其水面迂回，布局紧凑，依山傍水建以亭阁。园内建筑物大多建成于清代，其建筑风格明显有别于东部和中部。西部主要建筑有：卅六鸳鸯馆，是当时园林主人宴请宾客和听曲的场所，厅内陈设考究。晴天由室内透过蓝色玻璃窗观看室外景色犹如一片雪景。与谁同坐轩，从建筑类型上来说，实为扇亭，扇面两侧实墙上开着两个扇形空窗，一个对着倒影楼，另一个对着卅六鸳鸯馆，后面的窗中又正好映入山上的笠亭，而笠亭的顶盖又恰好配成一个完整的扇子。“与谁同坐”取自苏东坡的词句“与谁同坐，明月，清风，我”。亭中匾额点出了这里的妙处——欣赏水中之月，感受清风之爽。西部其他建筑还有留听阁、宜两亭、倒影楼、水廊等。

拙政园没有明显的中轴线，没有传统的对称格局，大多因地制宜，错落有致，疏朗开阔，近乎自然，是苏州诸多园林中布局最为成功的范例。

▲ 香洲

▲ 卅六鸳鸯馆

▲ 与谁同坐轩

▲ 水廊

网师小筑十二咏（濯缨水阁）

◎清·宋宗元

倒影吞飞阁，波澄似镜明。
晨光涵共洁，晚唱溜同清。
脱帽三杯醉，枕肱一横榻。
觉来临槛照，咄咄尚尘缨。

网师园

▲ 濯缨水阁

网师园始建于南宋淳熙初年，旧为宋代藏书家、官至侍郎的扬州文人史正志的万卷堂故址，园名为“渔隐”，后废。宋宗元少年时代经常去万卷堂故址游玩，清乾隆年间（1765 年前后），宋宗元购之并重建，定园名为“网师园”。网师即渔夫，寓隐逸江湖之意。网师园几易其主，园主多为文人雅士，各有诗文碑刻遗于园内，历经修葺整理。

濯缨水阁是网师园中部花园的主体建筑，旧时又充戏台。在这里可静赏朝午夕晚一日四时的变化，感受春夏秋冬四季景物的流转。

濯缨取《楚辞·渔父》“沧浪之水清兮，可以濯吾缨；沧浪之水浊兮，可以濯吾足”之意，“濯”指洗涤，“缨”是系冠的丝带。意思是洁净的水，可用来洗涤帽子，污浊的水只能洗脚了，后人用“濯缨”表示避世隐居或清高自守。

宋宗元（1710—1779），字光少，清江苏元和（今苏州）人。清乾隆三年（1738）中举。历直隶成安、良乡知县、天津道，迁光禄寺少卿，后辞官归家。

诗的首联“倒影吞飞阁，波澄似镜明”，写水面倒影之美，濯缨水阁轻巧，坐南朝北，面阔一间，基部用石梁柱架空，水自阁下而入，屋顶用线条柔软的单檐卷棚歇山，粉墙青砖黛瓦，配以花边滴水，古色古香的戗角起翘，有一呼欲飞之态。颔联“晨光涵共洁，晚唱溜同清”，写一日从早晨到黄昏不同的景致，特别是阁内四周有窗，凉爽通透，盛夏，在临水一面的长脚寿字扶手栏杆前数鱼，水面凉风习习而来。颈联“脱帽三杯醉，枕肱一横榻”，诗人在这样的环境中品酒读书，随遇而安，安贫乐道。尾联“觉来临槛照，咄咄尚尘缨”，写诗人沉醉在美景中，不管奇奇怪怪的尘俗之事。

濯缨水阁临水而建，建筑前的池水，影影绰绰地衬托着建筑的灵动。宋宗元另一首诗《濯缨水阁》曰：“底虚临水濯尘缨，乘醉时来脱帽行。借问方塘才半亩，何如一曲鉴湖清。”半亩方塘怎比得上这一曲湖水啊！濯缨水阁前一座落地屏风，两面分刻八骏马图、三国志人物及花篮博古等图案，阁左右两面配置和合窗，南墙巧借窗外天竹、桂树为景，透窗南望蹈和馆，窗景遥遥相对，窗中见窗，景中见景，北见较低的看松读画轩隐现于树丛，东北向的楼房前后参差，高耸的古柏与贴水的曲桥、石矶亘列于中，而临水的竹外一枝轩神似一座画舫。濯缨水阁内有两副对联，其一为郑板桥书写“禹寸陶分，曾三颜四”八个字，引自四个典故，耐人寻味。大意是说古代大禹对一寸光阴的珍惜，东晋陶侃勤奋谦逊的学习态度，曾子每天自我反省的精神，颜子不听不为不符合法制规范和道德准则的言论。

网师园既含有隐居江湖的意思，“渔父钓叟之园”，又与巷名“王四”（一说王思，即今阔街头巷）谐音。园内的山水布置和景点题名蕴含着浓郁的隐逸气息。乾隆末年园归瞿远村，按原规模修复并增建亭宇，俗称“瞿园”。当时，预案中有楼、阁、亭、台、池等十二景。今网师园规模、景物建筑是瞿园遗物，保持旧时世家一组完整的住宅群及中型古典山水园。

网师园占地 8 亩多，却是第一批被列入《世界遗产名录》的苏州古典园林典型例证的四个园林之一，其布局精巧，结构紧凑，以建筑精巧和空间尺度比例协调而著称，因此被认为是中国江南中小型古典园林的代表作。清代钱大昕在《网师园记》中认为：“地只数亩，而有纡回不尽之致；居虽近廛，而有云水相忘之乐。”著名古建筑园林艺术家陈从周评价网师园为

“苏州园林小园极则，在全国园林中亦属上选，是以少胜多的典范”。

网师园分三部分，境界各异，东部为住宅区，中部为山水花园，西部为内园。

东部住宅区中轴对称，沿中轴线依次为门厅、轿厅、大厅（万卷堂）、内厅（撷秀楼）等，为典型的明清江南建筑均衡布局的方式。正门南面有照壁，两侧墙壁上设有拴马环，门前种有两棵盘槐。大门两边置抱鼓石，饰以狮子滚绣球浮雕，额枋上有阀阅 3 只，皆是高贵门第的象征。轿厅也称茶厅，现停放一顶清代红木官轿，正面屏门上悬挂网师园全景漆雕画，上有“清能早达”匾额。大厅面阔三间，为明代制式，沿用宋代史正志“万卷堂”旧名。堂前两株白玉兰，早春时节，一树千花，冰清玉洁。

万卷堂前砖细门楼被誉为“江南第一门楼”，高约 6 米，宽 3.2 米，厚约 1 米，飞檐翘角，精美绝伦。上面刻有砖额“藻耀高翔”，意喻文章

▼ 万卷堂

▲ 藻耀高翔门楼

▲ 引静桥

▲ 月到风来亭

出彩，如彩凤高翔。两边刻有“文王访贤”和“郭子仪拜寿”的戏文故事，精雕细刻。内厅撷秀楼原为内眷燕集之所，外看五间，实则六间，为五明一暗的格局。楼后五峰书屋为旧园主藏书处。屋东北梯云室内黄杨木落地罩上镂刻双面鹊梅图，雕工极为精美。

中部主园占整个园林面积的三分之二，在住宅区的西面，从三进厅堂、后院和梯云室都有侧门或廊可以通往。中部彩霞池二十来米见方，四周假山、建筑和花木布置得疏密有间，高下宜人。东南西北各点缀射鸭廊、濯缨水阁、月到风来亭和看松读画轩等景。射鸭廊位于东北角，背依住宅部分，西临水池，廊北是竹外一枝轩，与廊首尾相连。竹外一枝轩取自苏东坡

"江头千树春欲暗，竹外一支斜更好"的诗意，点明这里是欣赏网师园春景之处。濯缨水阁坐南朝北，临水一面通透，夏季观景，水面不时清风徐来，清凉宜人。月到风来亭是秋景赏月佳处。亭子建在池西岸高处，由曲廊与濯缨水阁相连。亭名取唐代诗人韩愈"晚色将秋至，长风送月来"的诗意。每当秋夜明月当空，天上一个月亮，水中一个月亮，亭中明镜一个月亮，斟上一杯酒，酒中又一个月亮……影影绰绰，虚虚实实，景在心中，人在画中。看松读画轩在水池北部尽头，东边可通集虚斋和竹外一枝轩，与殿春簃一墙之隔。花坛与峰石之间三株古松，古朴遒劲，据说是宋代造园之初就有，距今已近千年。隆冬时节，古松青葱，平桥石峰，水中亭廊倒影，山树小轩，层次分明。

清代韩崶在《赋网师园二十韵》中提到："月到风来界，看松读画情。树根藏井冽，竹外带枝横。丛桂山招隐，沧浪水濯缨。"诗中便将这彩霞池周边建筑一一点到。水池周围配以水阁亭廊、山石花木，各建筑与水池假山对置避让，临水的建筑适当缩小尺寸，稍大的建筑则远离池岸，从而增加了园景的层次和深度，形成了一个极为生动的闭合空间。

西部为内园，北侧小轩三间，名"殿春簃"。殿春，是指春末；簃，就是指阁楼旁的这座小屋，这里曾是园主子女读书学习的地方。殿春簃小院的庭院布局独具一格，采用"中空而外实"的手法，具有明代庭园工整柔和、淡雅明快的特点。殿春簃庭园因其突出的造园艺术而被仿建于美国纽约大都会艺术博物馆，取名为"明轩"。其中太湖石、鹅卵石等建筑材料是从苏州运过去的，开创了中国园林艺术出口的先河。

网师园也是苏州众多园林中最早开设夜花园的园子。每当夜幕降临，昆曲、评弹、笛箫、古筝，轮番上演。月色朦胧，清风徐来，蛙入水声，风过松声，恍若拾回了那遥远的梦，是那园主遗留在濯缨水阁的梦么？

耦园

耦园落成纪事

◎清·沈秉成

不隐山林隐朝市，草堂开傍阖闾城。
支窗独树春光锁，环砌微波晓涨生。
疏傅辞官非避世，阆仙学佛敢忘情。
卜邻恰喜平泉近，问字车常载酒迎。

耦园位于苏州城东仓街小新桥巷内，三面环水，南北临市河，东面隔内城河与古城墙相望。《耦园落成纪事》这首诗是沈秉成从道台任上辞官归隐，买园修建落成后所写。耦园的设计表现出诗人摒弃世间的纷扰，汇聚自然的精华，流连“诗酒联欢，吟风诵月，潜心修道”的书生意气。

沈秉成（1823—1895），字仲复，自号耦园主人，浙江归安人。清咸丰六年（1856）进士，授编修，曾任两江总督等要职，因进谏而被罢官，又遭丧妻失子之痛，便归隐寓居苏州，购得清顺治年间保宁知府陆锦所筑“涉园”的废址，扩建增筑成耦园。沈秉成命运多舛，一生娶了三位妻子，前两位妻子相继早逝，才女严永华成为他第三任妻子，夫妻恩爱琴瑟和鸣，两个人枕波双隐在耦园，城曲筑诗城，在耦园中度过了八年的美好生活。

古人曰“诗言志”，这首诗的首联表明了诗人的内心之志。“不隐山林隐朝市”一句意为诗人隐于市，并非隐于山林，或许也透露了诗人暂时归隐，待政治清明再复出的想法。颔联“支窗独树春光锁，环砌微波晓涨生”则是写新园落成后的园中所见的美景。颈联“疏傅辞官非避世，阆仙学佛敢忘情”透露了诗人并非像陶渊明那样的归隐，就此不想再为五斗米折腰，而只是一个过程。疏傅是汉代疏广、疏受叔侄，他们分别从太子太傅、少傅位上辞官，说是“官成名立，不去恐有后患”，于是一起辞官回乡。而诗人自己虽辞官，却不像他们是为避世。“阆仙”是唐代诗人贾岛的字，就是那位以“推敲”名世的诗人。他年轻时曾学佛出家，后来又还俗，考进士入仕。诗人是说自己退隐也像贾岛出家一样，以后还是要“还俗”的。尾联“卜邻恰喜平泉近，问字车常载酒迎”，则是说耦园和拙政园很近，而那里有自己的好朋友，这是多么快活的事啊！当时诗人常与俞樾、吴云、顾文彬、潘遵祁、李鸿裔、彭慰高等，在园中鉴赏金石书画，考订文字，可见诗人是一位风雅的读书人。

耦园落成，园主夫妇隐逸市朝、诗酒联欢的情趣和生活状态也常常跃然在诗人夫妇的字里行间。从现在园中的各处楹联也可以看出这一点：“逍遥于城市而外，仿佛乎山水之间”“东园载酒西园醉，南陌寻花北陌归”“左壁观图右壁观史，西涧种柳东涧种松”……

▲ 耦园一景

耦园东西长108米，南北宽78米，近乎长方形，占地约12亩，建筑面积为4496平方米。住宅居中，东西花园分列两边，北端背河而起一排楼房，借“走马楼”贯穿，取唐人“东园载酒西园醉”诗意。这样一宅两园的布局，在苏州众多古典园林中独具特色。南北驳岸码头是耦园特色之一，其他园林中罕有，这样的码头，尽显姑苏“人家尽枕河”的特色。

“耦园住佳耦，城曲筑诗城”，取名“耦”，通“偶”，即指佳偶连理，又道出园宅的特征，布局上中轴线上为明显的仕宦第宅，东西花园相互对应。

中部住宅区，沿南北中轴线依次设有门厅、轿厅、大厅和楼厅。大厅曾于 1950 年失火焚毁，1993 年重建，额题“载酒堂”。楼厅呈凹字形，五间开阔，气宇恢宏，厅前建有砖细墙楼，砖雕精美，额题“诗酒联欢”。大厅与楼厅东侧建有平房与楼房一片，间有天井数处，楼厅与东侧楼区相通，在楼上沿通道可达东花园“补读旧书楼”和“双照楼”。

▲ 载酒堂

东花园占地 5 亩，是耦园的精华所在，原为“涉园”，园名取自陶渊明《归去来辞》中的诗句“园日涉以成趣”之意。东园以黄石假山为主、读书楼建筑群为辅，樨廊和筠廊连接各处，将全园景观有机贯通，在苏州古典园林中独树一帜。黄石假山气势雄伟，浑厚古朴，属苏州园林假山之上品，素有盛名，相传为清初涉园旧物。东侧主山，陡峭险峻，名“留云岫”，西侧小山，山势平缓，名“桃屿”，两山之间有一谷道，两侧削壁如悬崖，名“邃谷”，主山东边转为绝壁，直泻“受月池”，是全山最精彩处。

重檐楼阁读书楼建筑群跨度 40 米，楼前有月台，楼中有天井四处，整个造型气势雄伟。楼中间设大厅三间，下名“城曲草堂”，上名“补读旧书楼”，装修陈设气度不凡。楼区东端略向南突，呈曲尺形，上层名“双照楼”，下层名“还砚斋”。双照楼三面临窗，面南而立，可得日月双照，是全园赏景佳处。

▲ 东花园黄石假山

两座长廊将望月亭、吾爱亭、储香馆、藤花舫、无俗韵轩等建筑相连。尔后曲折延伸，过月洞门及半亭，半亭墙面有砖刻隶书小对“耦园住佳耦，城曲筑诗城”，横额书“枕波双隐”。廊墙上数十处漏窗造型各异，亦很精美。山水间内大型鸡翅木“岁寒三友”落地罩，采用透雕手法，雕镂技艺极为精湛，构图风格粗犷，给人以浑厚大气之美，据传该罩为明代遗构。

西花园以湖石构景，舒展绵延。西花园面积不大，环境幽雅宁静，以藏书楼、书房为特征，并将书斋与庭园有机结合，具有苏州书斋花园的特色。整个园子以“织帘老屋”书斋为中心，分隔为东、南、北不间断的三个

▲ “耦园住佳耦，城曲筑诗城”对联

院落。织帘老屋为硬山顶，鸳鸯厅形式，根据季节、光线和温度的变化，夏秋在北厅读书，冬春在南厅读书。

耦园呈现出隐逸和爱情两大主题，在总体对称的同时，又在局部细节上精雕细琢。在个体建筑上也有或东西、或南北、或上下、或明暗、或高低等两两呼应。沈秉成夫妇向往的返璞归真、琴瑟和鸣的生活，在这里得以实现。而今，这座隐匿在都市深处的古典园林，正以它独特的韵味迎接八方来客。

▼ 山水间

艺圃

再题姜氏艺圃

◎清·汪琬

隔断城西市语哗，幽栖绝似野人家。
屋头枣结离离实，池面萍浮艳艳花。
棐几只摊淳化帖，雪瓯频试敬亭茶。
与君企脚挥谈麈，杨柳阴中日渐斜。

艺圃在苏州阊门内文衙弄，明袁祖康营建，后归文震孟，改名药圃。清顺治年间姜埰买下自居，扩建为敬亭山房，后其子安节、实节为园主，易名艺圃。诗人汪琬是艺圃的常客，写下了《艺圃十咏》分别诵艺圃十景。《再题姜氏艺圃》这首诗再次描绘了艺圃的景致，状写主人的博学好客、客人的清谈聚会，反映了当时文人墨客的风雅生活。

汪琬（1624—1691），字苕文，号钝庵，初号玉遮山樵，晚号尧峰，小字液仙。长洲（今江苏苏州）人，清顺治十二年（1655）进士，康熙十八年（1679）举鸿博，历官编修、户部主事、刑部郎中，后因病辞官归家，晚年隐居太湖尧峰山，闭户撰述，不问世事，学者称"尧峰先生"。与侯方域、魏禧，合称明末清初散文三大家。其人不喜仕进，唯嗜读书问学，发明经义，精研史学，昌言朴学。

苏州古典园林鳞次栉比，而艺圃是园址唯一保持"以偏为胜"的园林。这首诗的首联"隔断城西市语哗，幽栖绝似野人家"就是写艺圃地处闹市中的偏僻地方。艺圃要从"红尘中一二等富贵风流之地"的阊门皋桥拐进吴趋坊小巷，小巷两旁一律苏式老民居，墙门里飘出吴侬软语，再折向南可以在狭窄甚至简陋的文衙巷深处见到艺圃的大门。当年为姑苏城之西北偏，"吴中士大夫往往不乐居此"（姜埰《颐圃记》）。颔联"屋头枣结离离实，池面萍浮艳艳花"写艺圃园中的两组美景：树上的果实和水中的花朵相映成趣。颈联"棐（音菲）几"指用香榧木做的小案儿，"淳化帖"即淳化阁帖，摹刻于北宋淳化三年（992），"雪瓯"指雪白的杯子，"敬亭茶"指宣州敬亭山出产的茶叶，这里借喻敬亭山人姜埰。颈联写出了这里文人墨客读书、写字、饮茶的生活。尾联为"与君企脚挥谈麈，杨柳阴中日渐斜"，"企脚"即踮起脚后跟，后引申为仰望、盼望的意思。"谈麈"是说魏晋时名士清谈常持麈尾，后因称客座清谈为麈谈。麈，古书上指鹿一类的动物，其尾毛可以制拂尘，故称拂尘为麈尾。园主好客，常与文人雅士聚会，尽情交流，时光也在不知不觉中一天天过去。

艺圃是一座颇具明代艺术特色的小型园林，全园布局简练开朗，风格自然质朴，被誉为贴水园。从山水布局、亭台开间到一石一木的细部处理，

▲ 延光阁水榭

无不透析出古朴典雅的风格特征，以凝练的手法，勾勒出造园的基本理念。

全园占地 3967 平方米，分住宅、花园两部分，宅分五进，布局曲折，厅堂古朴，有世纶堂、东莱草堂。

花园在住宅的西面，面积 2830 平方米。水池居中，池北以建筑为主，有博雅堂、延光阁等。博雅堂面阔五间，硬山顶，宏敞质朴，为艺圃园中主厅，堂内木质柱础和青石阶石为明代之物。此堂在清初为姜氏艺圃中的念祖堂，也是袁祖庚的醉颖堂、文震孟时之世纶堂旧址。博雅堂的南面是一个小的庭院，四面环廊。院南是一座凌驾于水面的水榭延光阁，临池而造，靠石条支撑着半出水面，其临水跨度为苏州古典园林水榭之冠。

池南以山景为主，临池处则以湖石叠成绝壁、石径，既有变化又较自然。山林景区为园内各观赏点的视觉中心，似一横轴山水画卷展现在人们面前，与中部水景区形成了一幽一畅、一密一疏、一高耸一低平的对比关系。这座山林是苏州园林中不可多得的佳作，在整体山林的处理上，特别在与树木的结合上具有很高的艺术价值。山上的六角亭置于主山峰之后，通过树林隐约露出亭顶，加深了空间距离感，反衬出前景的高耸。西南角的两个小庭园非常简洁与古朴。重复运用的圆门加强了层次感。而庭园内

▲ 东莱草堂

▲ 博雅堂

水池与石桥的处理别具匠心，为园林中较为少见的处理手法，特别是石桥的处理，不设石栏，以粗糙的石条横卧而成，别具天然情趣。从水榭南望，山水交融，林木葱茏，颇具山林野趣，为园中主要对景。此种池水、石径、绝壁相结合的手法，取法自然而又力求超越自然，是明末清初苏州一带造园家常用的叠山理水方式。

池水之东有乳鱼亭，三面环水，梁架上有明式彩绘，古朴雅致，是明代遗构，苏州园林珍品。

池水之西，有芹庐小院，以圆洞门与其他景区相隔而又相连。步入院门，即可见园中园浴鸥池，院中有小池，似与大池相通。这种水院形式在

▲ 浴鸥园

▲ 乳鱼亭

苏州园林中属于孤例。院中散置湖石花木，为园内最为僻静之处。芹庐、浴鸥小院也增加了艺圃全园的层次和景深。

艺圃较苏州其他古典园林，相对的僻静。如果想要品味苏州古典园林叠山理水之妙义，又能寻得一份静谧，这里不失为一个绝妙的选择。

怡园

怡园

◎清·李鸿裔

叠石疏泉不数旬，水芝开出似车轮。
石幢一夕桃花雨，便有红鱼跳绿萍。

怡园位于苏州人民路，建于清代晚期，园主顾文彬耗银20万两，在明代吴宽旧宅遗址上营建而成，取《论语》“兄弟怡怡”句意，名曰怡园。园成之后，江南名士云集，名盛一时。顾文彬自幼喜爱书画，怡园中又建过云楼，收藏古代金石书画，名迹甲吴下。“过云楼”名源于苏东坡语“书画于人如同过眼烟云”，遂将藏书楼取名为“过云楼”。清末民初的苏州，活跃着由“吴中七老”组成的真率会，和以“画中七友”为骨干的怡园画社，硕学鸿儒在精雅的园林怡情抒怀，品书论画，泼墨挥毫，李鸿裔就是七老之一。这首诗描绘了怡园“鱼戏莲叶间”的美丽景致。

▲ 怡园大门

李鸿裔（1831—1885），字眉生，号香严，四川中江人，以拔贡生中清咸丰元年（1851）顺天乡试举人，官至江苏按察使，后罢官闲居，徙家苏州，于光绪元年（1875）购得瞿氏网师园，与沧浪亭相近。他精书法，临抚魏、晋碑铭，无不神形毕肖。工诗古文，也是收藏大家。

▲ 鱼乐图

这首诗前两句描写了怡园的假山泉水构思布局非常巧妙，“叠石疏泉”就是怡园中的假山和人工泉，水芝即荷花。意思为：层叠的石头、分布的泉眼生成没有几十天，水中灵芝一般的莲叶已经绽开，就像车轮一样巨大。怡园的叠石既取环秀山庄假山的巍巍雄浑，瘦削娟秀、嵌空玲珑、盘旋曲折，又取沧浪亭假山的堆垒而成、高下升降，极尽委婉之美。诗的三、四句写在一尺大小的伞形石头上落下的水滴溅起，看见了红色的鲤鱼飞跳跃过水面的绿萍。这首诗生动地描绘了一幅《鱼戏莲叶图》。

怡园面积 9 亩，主要由顾文彬第三子顾承主持营造，请诸多著名画家参与筹划设计，园中一石一亭均先拟出稿本，最后由顾文彬定夺。方寸之

▼ 西部花园

地上，把小园打造得精致无比，此园建成迄今不过一百多年，算是苏州园林中的后起之秀。因建造年代晚，它吸取了宋、元、明、清各园林的特点，博采众长，巧置山水，自成一格。

怡园布局以复廊为界将全园分为东西两部分，东部以建筑为主，庭院中置湖石，植花木，西部水池居中，环以假山、花木、建筑。在造园艺术上，怡园博采诸园景物，如复廊仿沧浪亭，水池效网师园，假山学环秀山庄，洞壑摹狮子林，旱船拟拙政园。布局自然，亭榭廊舫小巧雅致，山池花木疏朗宜人，堪称园中精品。

▲ 画舫斋

▲ 藕香榭

西部以水池为中心，为全园的重点，这里以拙政中园为蓝本。池南有鸳鸯厅，为园中主体建筑。北面称藕香榭，又名荷花厅；南面称锄月轩，又名梅花厅；盛夏可自平台赏荷观鱼，严冬经暖阁寻梅望雪。西北部的叠石参照环秀山庄，假山不高，全用玲珑的湖石叠成，结构灵巧，曲折盘绕，又建有小沧浪、螺髻亭二亭。池西尽处有装修华丽的旱船画舫斋。向南行过面壁亭和碧梧栖凤馆，可回至鸳鸯厅。此外，还有嵌入长廊墙体的“怡园法贴”，包含了王羲之、怀素、米芾等历代法帖书条石 101 方，堪称一绝。还有三块造型独特的太湖石，被称为“屏风三叠”。这三块石头异常扁平，是另一个极端，所以也算得上奇石，为怡园镇园之宝。

怡园以梅景闻名，西部山水主园中的“南雪亭”和主厅“锄月轩”都是以植梅而名。南雪亭引用南宋潘庭坚约社友聚饮于南雪亭梅花下的故事；锄月轩则取自宋代刘翰“惆怅后庭风味薄，自锄明月种梅花”和元代萨都剌“今日归来如昨梦，自锄明月种梅花”的诗意。怡园也很应景地育有一林梅花，早春之际，清香四溢。

怡园坐落在苏州古城区最繁华的观前区域，车水马龙的喧闹中却有这么一座清新怡情、水墨丹青般的园林，置身园中，休闲与清雅，自然相随。

|第|三|部|分|

古镇古村篇

同里古镇

同里

◎元·倪瓒

依微同里接松陵，绿玉青瑶缭复萦。
为咏江城秋草色，独行烟渚暮钟声。
黄香宅里留三宿，甫里门前过几程。
借书市药时来往，不向居人道姓名。

同里是江南著名的古镇，旧称富土，唐初改为铜里，宋时将旧名拆字为同里。始建于宋代，已有千年历史，是典型的中国水乡文化古镇。同里地处太湖之滨，京杭大运河之畔，屋宇丛密，绿水逶迤。宋元时期便“民丰物阜，商贩骈集，百工之事咸兴，园池亭榭，声技歌舞，冠绝一时”，是古代商贾置业、文人汇聚的商埠中心。同里古桥众多，将花园、寺观、宅第和名人故居连接在一起，是典型的小桥流水人家的江南风貌。为避免张士诚罗致，画家倪瓒选择富有的同里古镇歇脚，写下了《同里》一诗。

▲ 同里古戏台

倪瓒（1301—1374），初名珽，字泰宇，后字元镇，号云林子、荆蛮民、幻霞子等。江苏无锡人。家富，博学好古，四方名士常至其门。与黄公望、王蒙、吴镇合称“元四家”。元末张士诚称王以后，因江南富庶，便渐行享乐之意，倪瓒作为读书人，见张士诚种种作为，有绝望之心。张士诚想邀倪瓒入幕，派人送给倪瓒大宗绢帛彩礼，但均被倪瓒拒绝。

这首诗得倪瓒江南画风，清水不染尘，颇能展示古镇的风骨。首联描写了同里古镇街巷逶迤，河道纵横，街缘水曲，路由桥通，家家临水，户户通舟的景色。“依微”意思是隐约，不清晰貌。唐韦应物《长安道》诗：

“春雨依微春尚早，长安贵游爱芳草。”同里与松陵很近，隐约是连在一起的，都是萦绕着“绿玉青瑶”的美景，“绿玉”形容绿水，“青瑶”形容青石，古镇都是绿水环绕，青石板路幽深细长。颔联“烟渚”指雾气笼罩的洲渚。诗人在烟雨中看到古镇的河岸高低错落，古桥若隐若现，秋草迎风拂水，民居古朴淡然。颈联“黄香宅里” 用典“黄香扇枕”，东汉黄香九岁母逝，尽心照顾父亲，暑则扇床枕，寒则自温席，躬执苦勤，恪尽孝道。“甫里门前”指唐代诗人陆龟蒙，称甫里先生，自比涪翁 、渔父 、江上丈人，好读古圣人书，探六籍，识大义。诗人说在同里可以在孝悌人家家中留几宿，也可以从隐居这里的读书人家门前经过，感觉如世外桃源。尾联写在这里借书买药不时来往，从不向借居人问姓道名。在同里绿水悠悠，让人安心，这里的水秀，这里的水美，这里的水柔，正如诗人另一首《同里怀元用》诗中所写“一水东西云窈窕，几家杨柳木芙蓉”，让人难以忘怀那古朴秀逸的古镇风情……

同里面积 33 万平方米，为 5 个湖泊环抱，由 49 座桥连接，网状河流将镇区分割成 7 个岛。古镇宋元明清桥梁保存完好，以小桥流水人家的格局赢得“东方小威尼斯”的美誉。古镇最著名的是“一园、两堂、三桥”。

“一园”即退思园。退思园建成于公元 1887 年，由著名画师袁龙设计，很好地保留了苏州古典园林一

▲ 同里古街

▲ 退思园

贯的退隐作风、朴素格调与步步诗文，被古建筑园林艺术学家陈从周教授概括为“江南华夏，水乡名园”。园主任兰生，曾任安徽凤颍六泗兵备道，被参革职还乡后，花了 10 万两白银建造了这座私家园林，园名取自《左传》中“进思尽忠，退思补过”，有退则思过之意。退思园占地面积 9.8 亩，园虽不大，却集苏州诸园林精华于一身，可谓小巧玲珑。它的总体结构，因地形所限，而突破常规，在建筑布局上，把一般的南北纵向结构改成东西向的横向结构，形成了自身独特的风格。整个园林可分成四个部分，由西向东分别是厅堂、内宅、中庭、花园。

花园是退思园的精华所在，其中建筑围绕水池展开，且紧贴水面，所以退思园又称“贴水园”。退思草堂为全园主景，它体态轻盈，气度稳重。站在堂前平台上环顾四周，琴房、三曲桥、眼云亭、菰雨生凉轩、天桥、辛台、九曲回廊、闹红一舸舫、水香榭、览胜阁及假山等，高低错落有致，布局紧凑，浓淡相宜，犹如一幅水墨画卷。退思园峰石、花木围成一个旷远舒展、彼此对应的开阔景区，每一建筑既可独立成景，又能互为对景，彼此呼应。其中坐春望月楼、菰雨生凉轩、桂花厅、岁寒居，点出春、夏、秋、冬四季景致，琴房、眼云亭、辛台、览胜阁塑造出琴、棋、书、画四艺景观。九曲回廊漏窗上的“清风明月不须一钱买”诗句，更有“文珍”之说，体现了文人的豪情。

退思园充分体现了设计空间的艺术，在有限的空间内，独辟蹊径，以写意山水的高超艺术手法，蕴含浓厚的文化内涵，成为小型园林的典范。

“两堂”即崇本堂和嘉荫堂。崇本堂是同里典型的商人私宅，由主人

▲ 诗廊

▲ 闹红一舸舫

▲ 水香榭

钱幼琴在清末宣统三年（1911）建成，占地不足一亩，分5进共25间。整个建筑从纵深上一进高过一进，既便于采光，又有“连升三级”求风水赐福的寓意。建筑内的装饰也与主人商人的身份十分贴切，如《西厢记》《红楼梦》等戏文故事，“日进斗金”“招财进宝”“富贵平安”等题材的广泛运用，体现了晚清时期中国内忧外患的背景下园林构建的实用主义风格。崇本堂的门楼雕刻也颇有意味，“崇本”意为“崇德思本”“敬候遗范”“商贤遗泽”，可以看出主人为人处世、立业治家的宗旨。

嘉荫堂是书香门第柳炳南的私家住宅，建于1922年，占地1.2亩，共4进32间。整个建筑前临街后临河，正对崇本堂，车船方便，带有明显的水乡建筑的特点。因为是文人私宅，建筑的设计和装饰在细节处理上极具文化性。例如正厅与后宅之间的空地的留白，蕉竹小品的点缀，水秀阁的借景，嘉荫堂仿明纱帽厅的设计，梅兰荷菊的装饰图案，显示了读书人的文化修养和“读书为上品”“学而优则仕”的理想和信念。

“三桥”即太平桥、吉利桥和长庆桥。同里人有过三桥的习俗，取其消灾解难、幸福吉祥之意。太平桥和吉利桥均是清乾隆十二年（1747）同里人范景烈等重建的。前者属梁式桥，小巧精致；后者属半月形拱桥，处太平桥与长庆桥之间。长庆桥俗名谢家桥，又称广利桥，是明代同里人陈镛、谢忱改建的。如今走三桥已是游客不可少的项目，三桥成为同里人气最旺的桥。

退思园、崇本堂、嘉荫堂所代表的仕、商、书三种文化在同里和平相处，兼容并包。桥作为路的延伸，也被赋予了文化和精神层面的内涵。同里深厚长久的文化传统，滋养了醇厚的民风，也培养了辈出的人才。秀美的湖光桥影，淳厚的水乡风情，定能让人倍感清新、温馨和难忘。

▲ 同里三桥之一

姑苏杂咏·甫里即事四首（其一）

◎明·高启

长桥短桥杨柳，前浦后浦荷花。
人看旗出酒市，鸥送船归钓家。
风波欲起不起，烟日将斜未斜。
绝胜苕中剡曲，金齑玉脍堪夸。

甪直古镇

甪直古镇古称“甫里”，因唐代诗人陆龟蒙（号甫里先生）隐居于此而得名。到清代才改称甪直。“甪直”来源于“六直”。所谓“六直”，是指古镇东边的大直、小直、直上泾三条河道可以通达六处的意思。而“甪”，则是古代神话传说中的一种吉祥的独角兽，叫甪端。甪直古镇街坊临河而筑，粉墙黛瓦，古色古香，居民依水而居，前街后河，出入全凭水路。

▲ 甪直古镇

高启（1336—1373），字季迪，号槎轩，长洲（今江苏苏州）人。元末隐居吴淞青丘，自号青丘子。高启才华高逸，学问渊博，能文，尤精于诗，与刘基、宋濂并称“明初诗文三大家”，又与杨基、张羽、徐贲被誉为“吴中四杰”。明洪武元年（1368），高启应召入朝，授翰林院编修，以其才学，受朱元璋赏识，复命教授诸王，纂修《元史》。高启为人孤高耿介，思想以儒家为本，兼受释、道影响。他厌倦朝政，不羡功名利禄。明洪武三年（1370）秋，朱元璋拟委任他为户部右侍郎，他固辞不受，被赐金放还；但朱元璋怀疑他作诗讽刺自己，对他产生忌恨。高启返青丘后，以教书治田自给。苏州知府魏观修复府治旧基，高启为此撰写了《上梁文》，有“龙蟠虎踞”四字，被疑为歌颂张士诚，因府治旧基原为张士诚宫址。有人诬告魏观有反心，魏被诛，高启也受株连，被处以腰斩而亡。

诗的首联“长桥短桥杨柳，前浦后浦荷花”从水乡的桥入手，角直古镇是著名的江南桥乡，水多，桥多，历来享有江南“桥都”的美称，镇上现有数十座造型各异、各具特色的石拱桥。有多孔、独孔、宽敞的拱形桥，狭窄的平顶桥等，其中两桥相连成直角的双桥就有5处，堪称石拱桥中的典范。水岸边杨柳依依，水中都长满荷花。水是角直古镇的眼眸，桥是眼上一抹淡淡的眉。古镇的河道上横架着许多闻名遐迩的小桥。繁盛时，镇上有桥72座，时称“五步一桥”。如今古桥依然保存了41座，而且座座不同：和丰桥刻着典雅精美的宋代浮雕；三元桥写着“东溯眠牛浮绿水，西领斗鸭挹清风”的优美桥联；东美桥甚至在水面之下伏着半个桥拱，碧水荡漾下晃着水下桥和水上桥的影子。

颔联“人看旗出酒市，鸥送船归钓家”，指古镇的街市有很多酒家，可以从店家的酒旗看出来，鸥鸟伴随着渔船归家。颈联“风波欲起不起，烟日将斜未斜”，小镇始终是波澜不惊的日子，风轻云淡，日出日落。尾联“金齑玉脍堪夸”指苏州古时制作的一种美味食品，用细切的鲜鲈鱼和菰菜拌以调料晒制而成，鲈鱼鲜白如玉，菰菜嫩黄如金，因而得名。西晋文学家张翰，吴江人，因为怀念家乡的美食，竟然辞官回乡，称为“莼鲈之思”。张翰自己有诗为证：“秋风起兮木叶飞，吴江水兮鲈正肥。三千里兮家未归，恨难禁兮仰天悲。”

角直古镇地处江南水乡地带，自古有“五湖之汀”之称，小桥、流水、人家的水乡景观自是随处可见。尤其是作为景观主体的河道，蜿蜒曲折，流到古镇的每个角落，给古镇汇入了无限生机。与河道紧密依偎的是一条条古老的石板街，以及街道两边依街傍水的水乡民居。沟通古镇陆路交通的桥，更以其丰富的形态，玲珑的造型，为古镇注入了丰富的文化内涵。房屋临水而建，人们临水而居，日常的淘米洗菜、浆洗衣物，再到以舟代步，或是上桥、下桥这样简单的动作，体现了河与桥的融合、家与河的亲和，延续了千年。

▲ 甪直古桥

著名社会学家费孝通来古镇视察后，为古镇题写了“神州第一水乡”几个字。今天“神州第一水乡”已成为古镇人的骄傲，成了古镇的代名词。

古镇的历史可以追溯到2500年前的春秋战国时期。当时吴王阖闾、吴王夫差都曾先后在这里营造过离宫。从古寺、古园、古街到历史名人的古宅，整个古镇宛如一座琳琅满目的历史博物馆。

坐落在镇西的保圣寺为江南名刹，为第一批全国重点文物保护单位。保圣寺始建于南北朝时期的梁天监年间，距今已经有1500多年的历史了，和苏州城外著名的寒山寺同为“南朝四百八十寺”。寺内有唐代著名雕塑家杨惠之所塑的九尊泥塑罗汉，其形态、表情各异，栩栩如生，虽历经千年沧桑，却仍然保存完好。清代奚士柱有《保圣寺罗汉歌》长诗，诗中便将各个罗汉不同的神情姿态，进行了生动的描述，惟妙惟肖。

▲ 保圣寺

唐代诗人陆龟蒙曾隐居于古镇白莲寺西，至今仍保留着他的衣冠冢，现为陆龟蒙祠。陆龟蒙衣冠冢占地约 1 亩，封土高 1.2 米，墓前有石碑，题“唐贤甫里先生之墓”，还有一块碑是清康熙五十一年（1712）立，题为“唐贤甫里先生鲁望公之墓”。

▲ 保圣寺罗汉

目前，遗址内尚存清风亭、斗鸭池、东垂虹桥、西垂虹桥、两只武康石饲鸭槽（唐朝原物）等遗址和遗迹。清风亭、斗鸭池最初建于北宋年间，明清时期曾重修。斗鸭池东南两旁种有三棵古银杏树，据说是陆龟蒙所植。

▼ 清风亭

古镇自元代陆龟蒙裔生陆德原创办甫里书院以来，一直重视教育，培养的秀才文人不计其数。到了近代民国初年，古镇更是率先兴办新学，著名教育家叶圣陶及王伯祥、沈柏寒等均在此任教，为古镇培养出了不少优秀人才。20 世纪 90 年代初又建有叶圣陶先生纪念馆，以表达古镇人民对叶先生的崇敬和怀念。

古镇上还有诸多清代、民国时期的老建筑。如叶圣陶小说名篇《多收了三五斗》中的万盛米行，依然再现民国年间江南米市风貌；同盟会会员沈柏寒的故居沈宅，是古镇保存较完好的豪华宅第；古镇现存最完好的清代民宅萧宅，原为镇上杨姓武举人所建，后因卖给了当地望族萧冰黎，故得此名；王韬纪念馆，建于清道光年间，早期是金融界人士沈再先老宅，后由角直镇人民政府为纪念近代思想家王韬而改为纪念馆，以弘扬其爱国思想和开放意识。行走于古镇的街巷，悠久的历史，深厚的文化积淀次第向您铺陈展开。

▲ 叶圣陶纪念馆

木渎古镇

过木渎

◎明·曹学佺

指点十三桥，迎船半柳条。
夕阳潮正满，春草岸俱遥。
琢研开山事，为园灌药苗。
卖饧时节近，处处有吹箫。

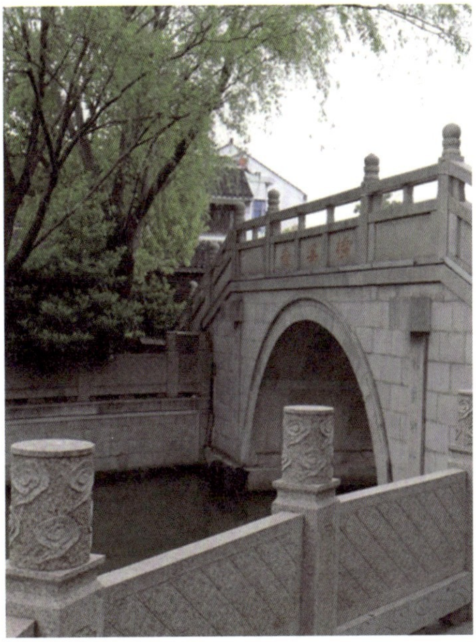

▲ 香溪桥

木渎是苏州西郊的古镇。诗人曹学佺曾任吴县知县，经常到苏州四郊各景点游览，对苏州的地方风俗有了诸多的了解。这首诗描写了木渎古镇的秀丽景色和风俗民情，反映了江南古镇的地方风貌。

曹学佺（1574—1646），字能始，一字尊生，号雁泽，又号石仓居士、西峰居士，侯官（今福建福州）人，明万历二十三年（1595）进士，授户部主事。曾任四川右参政、按察使、广西参议等职，因得罪宦官魏忠贤党人刘廷元，弹劾其私撰野史，被削职，居家二十余年。崇祯亡后，唐王在福建称帝，授礼部尚书，清兵入闽，曹学佺香汤沐浴，整顿衣冠，在山中自缢殉国，死前留下绝命联："生前单管笔，死后一条绳。"

诗的首联所写的"十三桥"指木渎古镇香水溪上的十三座桥，当地有谚语曰：木渎香溪九里十三桥。香溪十三桥是木渎有名的景观。诗人坐船经过这里，饶有兴味地一座桥一座桥地数数，岸边的柳条似乎很好客地迎接着一艘艘的客船，"迎"字把柳条拟人化。颔联继续写眼前的美景：夕阳西下，木渎的胥江水与太湖相通，太湖晚潮水涨，胥江河水也涨起来，水岸显得更加开阔。此景极有气势，"夕阳"和"春草"点明了诗人过木渎的时间和季节。颈联写木渎当地的传统手工业项目“制砚”，“开山事”指灵岩山西麓的村子里当地人从事的是开山产石制砚，“琢研”指精雕细琢制作砚台。“为园灌药苗”指当地人还开辟药园种植草药，这也是当地人的家庭副业，各家各户忙忙碌碌。尾联的“卖饧时节”即清明时节，“饧”是麦芽糖，俗称“饧糖”。每年清明时节，卖饧糖人挑着担子，吹着竹管做的饧箫，招引客人。诗人听到了卖饧人的箫声，有一种民俗特色，这些风土人情的内容，使得全诗具有鲜明的地方特色和生活情趣。

木渎是与苏州古城同龄的水乡古镇，迄今已有2500多年历史。相传春秋末年，吴王夫差为取悦美女西施，在灵岩山顶建馆娃宫，并增筑姑苏台，“三年聚材，五年乃成”，木材源源而至，竟堵塞了山下的河流港渎，“积木塞渎”，木渎由此得名。

东晋时司空陆玩为陆逊后裔，曾建宅于灵岩山馆娃宫旧址，后舍宅为寺，木渎成为佛教圣地。据《元丰九域志》记载：“北宋设木渎镇，属吴县，镇

▼ 严家花园

以渎名。”当时木渎已是苏州城西诸乡镇的中心。清朝中叶，木渎更是吴中著名商埠。清人徐扬所绘的《姑苏繁华图》中，木渎部分竟占全卷的二分之一。康熙三次南巡和乾隆六下江南，每次来到木渎，都为这里的山水风光而倾心。

木渎四周群山环伺，又毗邻太湖，既得真山真水之趣，又具小桥流水之幽，更有私家园林、名人故居等众多的人文古迹，作为中国唯一的园林古镇，木渎在明清时有私家园林30多处，迄今仍保留了10余处。

严家花园建于清代，为苏州名士沈德潜的故居，后经木渎诗人钱端溪、木渎首富严国馨的改造，使得园中布局疏密曲折，高下得宜，局部处理精巧雅致，幽深婉约，显示了营造者独具匠心的造园艺术。现代建筑学家刘敦桢、梁思成、童寯等人数次考察此园，倍加推崇，称其为苏州当地园林之“翘楚”。

虹饮山房是木渎文人徐士元的故宅，以占地广袤、建筑大气为特色，不似苏州园林那般细巧婉约、曲折含蓄。其“溪山风月之美，池亭花木之胜”，远胜过其他园林，乾隆每到木渎必在此园游园听戏。

古松园是清末木渎富翁蔡少渔的旧宅，因园中有一株500多年的明代罗汉松而得名。园中雕花楼精雕细琢，形神有致，与洞庭东山雕花大楼为同一大师作品，堪称南北姐妹雕花楼。古松堂方椽上刻有八只琵琶，以喻“八音联欢”，如此造型在江南园林建筑中绝无二例。

▲ 古松堂

榜眼府第是林则徐弟子、近代政论家冯桂芬的故居。冯桂芬是清道光二十年（1840）一甲二名进士，故邑人称其宅为“榜眼府第”。榜眼府第为前宅后园结构，占地近十亩，是典型的清代园林建筑风格。“江南三雕”，即砖雕、木雕、石雕为其主要特色，其中石刻《姑苏繁华图》，用八块灵岩山砚石构成，长9.6米，尤其值得观赏。

木渎也有一条山塘街，与苏州城里的山塘街同名，但是比它早上几百年。河路并行，保留了原汁原味的乡镇老街风貌。信步在古镇走走，古廊桥、长弄堂、小双桥、鹭飞桥，古松园探幽，古御道仿古，默数2500多年悠久历史，领略小桥流水人家风情。

▼ 古松园的罗汉松

锦溪古镇

锦溪渔唱

◎明·文徵明

斜阳诗思绕寒汀，何处秋风欸乃声。
水漫蒹葭情不及，锦溪桥下白烟生。

锦溪古镇隶属于江苏省昆山市，东临上海，西近苏州，距周庄 8 千米。旧称陈墓，曾是南宋皇妃香消玉殒之地。史载，南宋绍兴三十二年（1162）孝宗赵昚宠妃因病殁水葬锦溪五保湖中，为怀念陈妃，孝宗赵昚在五保湖畔钦旨建庙，为陈妃诵经护坟。

锦溪自古为文人骚客荟萃之地。明代沈周、高启、文徵明、祝允明、唐寅等都留下了诵景思物的千古诗文。其中以文徵明的《锦溪八景》最为有名，《锦溪渔唱》就是其中之一。

文徵明（1470—1559），原名壁，字徵明。号衡山居士，世称“文衡山”，长洲（今江苏苏州）人。明代画家、书法家、文学家。曾官翰林待诏。诗、书、画全才，和享有盛名的沈周、唐寅、仇英合称“吴门四家”。文徵明的足迹几乎遍及古镇，对锦溪的人文胜迹耳熟能详。文徵明感慨锦溪秀美的湖光水色，为早在宋元时期已经逐步形成的“锦溪八景”的每一景都留下了诗文之作。

“斜阳诗思绕寒汀，何处秋风欸乃声。水漫蒹葭情不及，锦溪桥下白烟生。”一首诗吟唱完，一幅锦溪渔歌唱晚的江南水乡风情的画面便展现

▼ 锦溪古镇

在眼前，秋水悠悠，蒹葭苍苍，欸乃声回荡在河面之上，锦溪桥下弥漫起了秋雾，钓鱼的小船，唱歌的渔夫若隐若现，水是锦溪的灵魂，浸出了遍布空气的诗意，更加渲染了摇橹暮归的江南风情！诗的前两句“斜阳诗思绕寒汀，何处秋风欸乃声”写诗人面对一池秋水，看着斜阳映照水面，思绪绕着水中清寒冷落的小洲（应该是陈妃水冢），不时传来渔舟的欸乃之声。后两句“水漫蒹葭情不及，锦溪桥下白烟生”描写水势浩大，陈妃水冢四周长满芦草，不管水位多高，总是露在湖面上。远远望去，陈妃水冢宛若伊人，在水一方。“蒹葭”出自《诗经·国风·秦风》：“蒹葭苍苍，白露为霜。所谓伊人，在水一方。”锦溪桥下白雾茫茫，雾色中，暮归的渔舟传来渔夫的歌声……

千年水乡锦溪，因镇内一条灿若锦带的小溪而得名。据地方志载：“一

▲ 古莲长堤

▲ 陈妃水冢

溪穿镇而过，夹岸桃李纷披，晨霞夕辉尽洒江面，满溪跃金，灿若锦带，所以得名‘锦溪’。”“水”是锦溪古镇之魂。坐落在“五湖三荡”环抱中，锦溪宛如金波玉浪中的一颗明珠。明人高启描绘锦溪“红杏碧桃花烂漫，

▼ 锦溪古街

长堤曲巷水流漓”，清人张尚垣赞咏锦溪“不知谁唱春风曲，顿使桃源绿浪生”。

锦溪，其建置沿革，镇名更迭，历经2500余年。与苏州同龄，最早名叫“录荇”。锦溪是历代名人聚集之地，早在西汉，名将马援在此练兵，三国辅吴大将军张昭墓葬于这里，西晋大画家顾恺之在此隐息，唐代文豪陆龟蒙晚年时长期在此居住，南宋皇妃陈妃因留恋锦溪美景，不忍离去，后在锦溪病殁，水葬五保湖上。此地亦更名“陈墓”长达800余年。文徵明亦有诗为证：“谁见金凫水底坟，空怀香玉闭佳人。君王情爱随流水，赢得寒溪尚姓陈。”

锦溪素有“36座桥，72只窑”的美誉。不足1平方千米的老镇区就有古桥36座，而且大多数古桥保存完好，桥柱、楹联、碑刻保存俱全，形成了锦溪独特的“桥文化”。从明朝以来，古镇以窑业生产而著称，是历史悠久的传统支柱工业，形成了独特的“砖瓦文化”。目前全镇存有各式古窑15座左右，为华东地区唯一保存完好的古窑址群落。锦溪古砖瓦博物馆为国内首创，仅此一家。

矗立于镇南五保湖畔的文昌古阁是锦溪人祈祷文运昌盛之所，亦是文人骚客结社之地。

古镇传统建筑以明、清、民国初为主，具有典型的江南建筑风格，各类民居民宅、四合院，以及水墙门、吊脚楼、落水廊棚、桥楼廊坊等独特的河街集市建筑，古建筑群面积占镇区民宅86%以上，建筑特色古朴，是十分宝贵的文化遗产。

拥有众多名胜古迹的锦溪，依然保持着淳朴的江南水乡风貌。这里的人们低调地生活，相比其他的古镇，这里更加的优雅和恬静，在这里尽可以享受真正的水乡情韵。

周庄古镇

重过澄虚道院

◎清·张泠

远水重重作外护，菰芦苍苍飞白鹭。
幽深福地似蓬莱，灿烂云霞投野渡。
当时开创真人宫，金阙辉煌丹灶红。
世人移入作仙邻，桃源竟与尘凡通。

有“中国第一水乡”之誉的江南古镇周庄位于苏州昆山，是江南六大古镇之一，周庄历史悠久，是典型的江南水乡风貌，粉墙黛瓦、石板拱桥、往复穿梭的乌篷船和一条碧绿的小河终年潺潺地环绕着周庄。一座座古朴雅致的亭台楼阁、茶楼酒肆、穿竹石栏、过街骑楼、深宅大院错落有致地坐落于小河两岸，整个古镇显得古朴幽雅、静怡安详，凸显了“小桥流水人家”的水乡特色。

位于周庄镇中市街的澄虚道院，面对普庆桥，俗称圣堂，建于北宋元祐年间（1086—1093），距今已有九百多年的历史。清代诗人张冷的这首诗不仅描写了澄虚道院的规模和香火盛况，还生动地描绘了水乡古镇的旖旎风情。

澄虚道院院内主要建筑有玉皇阁、文昌阁、圣帝阁等。据《周庄镇志》记载：“明代，院西无人家，桥有雀竿悬灯，以照西湾之夜泊者。”明代中叶以后，道院规模日趋宏大。嘉靖年间，当地人王璧捐资增建了仪门。清康熙二十五年（1684），道士胡天羽化缘募捐扩建了玉皇阁。五年以后，又在阁西建造了文昌阁。清乾隆十六年（1751），道士蒋南纪在山门外建造圣帝阁，楼阁临近普庆桥，形成了前后三进的建筑群，气宇轩昂，占地1500平方米，成为吴中著名的道院之一。

清代诗人张冷生平事迹无从考，但是留下的这首诗让我们仿佛穿越到清代的周庄古镇，感受当时古镇的风貌。

诗的首联“远水重重作外护，菰芦苍苍飞白鹭”描写水乡古镇的外围风光。周庄古镇四面环水，犹如泊在湖上的一片荷叶，水岸边到处布满水生植物，白鹭鸟在水中飞翔出没。“菰芦”即茭草（茭草的膨大根部就是茭白）及芦苇的合称，古诗中常用“菰芦”指水渚汀岸一片水草杂生的景象。颔联“幽深福地似蓬莱，灿烂云霞投野渡”写地理位置的特殊，周庄如蓬莱仙境一般，当灿烂的霞光投向郊野的渡口，波光荡漾。周庄古镇是水的世界，清凌凌的南北市河、后港河、由车祥河、中市河，像四根透亮飘柔的带子，绕镇而过。颈联“当时开创真人宫，金阙辉煌丹灶红”写澄虚道院开创以来，玉皇阁等建筑殿宇森严，香火也是绵延不绝，日益旺盛。尾联“世人移入作仙邻，桃源竟与尘凡通”，诗人不禁感慨万分，澄虚道院在周庄与世俗凡人为邻，好比桃花源仙境与凡尘相通。诗人认为这里实际上就是一处避世的桃花源，小桥、流水、人家，淳朴典雅的风韵让人向往，这里桥与流水媲美，桥与人家相亲，桥与小街相连，碧水泱泱，绿树掩映；小镇上一家家粉墙篱窗的房屋，充满着幽谧的水乡气息。难怪诗人感叹：这里分明就是陶渊明笔下的桃花源！

周庄镇旧名贞丰里。据史书记载，北宋元祐年间，周迪功信奉佛教，将庄田 200 亩捐赠给全福寺作为庙产，百姓感其恩德，将这片田地命名为“周庄”。但那时的贞丰里只是集镇的雏形，与村落相差无几。1127 年，金二十相公跟随宋高宗南渡，迁居于此，人烟才逐渐稠密。元朝中叶，颇有传奇色彩的江南富豪沈万三之父沈佑，由湖州南浔迁徙至周庄东面的东宅村（元末又迁至银子浜附近），因经商而逐步发迹，使贞丰里出现了繁荣景象，形成了南北市河两岸以富安桥为中心的集镇。周庄由原来的小集

▼ 周庄水巷

迅速发展为商业大镇，与江南富豪沈万三的发迹很有关系。沈万三利用白蚬江（即东江）西接京杭大运河、东北接浏河的优势，出海贸易，将周庄变成了一个粮食、丝绸及多种手工业品的集散地和交易中心，促使周庄的手工业和商业得到了迅猛的发展，最主要的产品有丝绸、刺绣、竹器、脚炉、白酒等。

周庄，悠远的历史，给古镇造就了诸多胜景。著名建筑学家罗哲文盛赞周庄“不但是江苏省的一个宝，而且是国家的一个宝”。画家吴冠中在其文章中高度评价周庄：“黄山集中国山川之美，周庄集中国水乡之美。”

目前，周庄民居古风犹存，镇内60%以上的民居仍为明清建筑，仅47万平方米的古镇有近百座古典宅院和60多个砖雕门楼，还保存了14座各具特色的古桥，各类景点众多。最著名的是“两桥、两厅”，即富安桥、双桥、张厅、沈厅。

▲ 富安桥

富安桥，为单孔拱桥，位于中市街东端，横跨南北市河，通南北市街，相传桥旁有总管庙，原名总管桥。元至正十五年（1355）由里人杨钟建，初系青石面，无桥阶。明成化十四年（1478）、嘉靖元年（1522）两次重修，为单孔拱桥。清咸丰五年（1855）重修，改成花岗石，东西有级梯，中间为平面。刻有浮雕图案，桥身四角有桥楼，临波拔起，遥遥相对。这座桥之所以被称为富安桥，是因为表达了人民富裕之后祈求安康的心愿。

双桥由世德桥和永安桥组成，明朝万历年间，乡民出资建造，桥名寓意万世积德，永保平安。世德桥是石拱桥，桥身上拱，飞扬灵动，桥洞宽敞，舟楫往来；永安桥则是石梁桥，桥面平整，坦荡如砥，桥下清流，波澜不惊。“一拱一平”，这样的设计皆是因地制宜的缘故。南北市河与银子浜的水流在此交汇，南北市河为周庄的主干道，建成拱桥，方便大船通行，银子浜却是周庄的一条小溪流，仅容小船通行，建成梁桥既便于人们行走，也节省了石料。1984 年，著名画家陈逸飞，从昆山摆渡来到周庄，深深沉醉其间，便以双桥为题材，创作了油画《故乡的回忆》，并被美国石油大王阿曼德·哈默购下，作为礼物送给邓小平，以双桥象征中美两国人民的友谊、合作与和平。从此，周庄古镇声名鹊起，古朴秀美的双桥走向了世界。

▲ 双桥

张厅是周庄镇仅存的少量明代建筑之一，原名怡顺堂，相传为明代中山王徐达之弟徐逵后裔于明正统年间所建。清初卖给张姓人家，改名玉燕堂，俗称张厅。近几年来经过有关部门精心维修，恢复了原有的风貌。张厅前后 7 进，房屋 70 余间，占地 1800 多平方米。作为殷富人家的宅第，张厅历经五百多年沧桑，但气派依旧。在漫长的岁月中遭到损害的砖雕门楼，坚实的石柱，细腻精良的雕饰，仍不难看出张厅昔日的风采。厅堂内布置着明式红木家具，张灯结彩，迎送宾客。墙上悬挂着字画，一副对联的上联是“轿从门前进”，下联是“船自家中过”，十分贴切地写出了张厅的建筑特色。

沈厅由沈万三后裔沈本仁于清乾隆七年（1742）所建。7 进 5 门楼，

▲ 玉燕堂

▲ 松茂堂

大小 100 多间房屋，分布在 100 米长的中轴线两侧，占地 2000 多平方米。沈厅是典型的“前厅后堂”的建筑格局。正厅堂是“松茂堂”，占地 170 平方米。朝正堂的砖雕门楼，是五个门楼中最雄伟的一个，高达 6 米，正中匾额“积厚流光”，四周为“红梅迎春”浮雕，所雕人物、走兽及亭台楼阁、戏文故事等，栩栩如生，可与苏州网师园中的砖雕门楼媲美。

周庄历史悠久，是典型的江南水乡风貌，有着丰富而独特的人文景观，是中国水乡文化和吴地汉文化的瑰宝。若能花上两天的时间，可在这里细细品味：那静静流淌的一条条小河，那古朴典雅的白墙灰瓦，那婉转缠绵的水磨腔调……

明月湾古村

夜泛阳坞入明月湾即事寄崔湖州

◎唐·白居易

湖山处处好淹留，最爱东湾北坞头。
掩映橘林千点火，泓澄潭水一盆油。
龙头画舸衔明月，鹊脚红旗蘸碧流。
为报茶山崔太守，与君各是一家游。
（尝羡吴兴每春茶山之游，洎入太湖，羡意减矣。故云。）

姑苏城西，太湖烟波浩渺，青山碧水，如人间仙境。东洞庭西洞庭，两座小岛相对而出，相映成趣。在洞庭西山岛，也就是现在的金庭镇，有一处景致即明月湾吸引了唐代诗人白居易，他写诗邀请友人夜游太湖西山明月湾。

▲ 明月湾古村

唐宝历元年（825）秋，白居易自五月至姑苏城任苏州刺史，已经半年。一日兴起，想邀请自己的好友，一个与自己太湖相隔的湖州刺史崔玄亮，漫游太湖。更想邀好友越州刺史元稹，也与自己同游美景赋诗太湖，为太湖和西山明月湾留下诗作。阳坞今天位于苏州太湖西山金庭镇。明月湾就是今天位于西山岛最南端的古村落，相传2500多年前的春秋时期，吴王夫差和美女西施，曾经来此共赏明月，古村由此得名。《苏州府志》记载：“明月湾，吴王玩月于此。”诗歌题目中的“即事”是指以当前事物为题材作诗。

这首诗的首联“湖山处处好淹留，最爱东湾北坞头”写自己对明月湾的喜爱之情，淹留是“羁留，逗留”的意思。三国魏曹丕诗：“慊慊思归恋故乡，君何淹留寄他方？”太湖山水到处让人流连忘返，但是诗人最喜欢的地方是明月湾。颔联“掩映橘林千点火，泓澄潭水一盆油”写西山的橘子红了，与太湖水相掩映下的景色很美。“掩映”意为或遮或露，时隐时现。南朝梁吴均诗：“华晖实掩映，细叶能披离。”秋日的西山，一片片的橘树林枝头挂满西山的料红橘子。“泓澄”指水深而清。宋代林逋诗也写道：“泓澄冷泉色，写我清旷心。”颈联中“龙头画舸衔明月”，诗人写夜晚泛舟，太湖中的游船在明月下前行，湖水清澈，水天相接，一碧万顷，浩渺的太湖中渔帆点点。“鹊脚红旗蘸碧流”出自宋葛立方词“烟笼沙嘴定连艘，鹊脚蘸波绿”。尾联“为报茶山崔太守，与君各是一家游”表明写本诗的目的。白居易又有另一首诗《夜闻贾常州崔湖州茶山境会亭欢宴》“遥闻境会茶山夜，珠翠歌钟俱绕身”，描写两郡刺史在境会亭欢宴的情景。太湖周边的湖州、常州等州郡多产名茶。唐代湖州的紫笋茶和常州的阳羡茶，都被列为贡茶。湖州刺史和常州刺史每年早春都要在两州毗邻的顾渚山境会亭举办盛大茶宴，邀请当时的社会名流共同品尝和审定贡茶的质量。

▼ 明月湾古村

唐宝历年间，常州贾刺史和湖州崔刺史共同邀请时任苏州刺史的白居易赴境会亭茶宴，可是白居易因病不能参加，“自叹花时北窗下，蒲黄酒对病眼人”，表达了诗人对不能参加这次茶山盛宴的惋惜之情。境会亭在浙江长兴、江苏宜兴交界处。这首诗的最后说明：“尝羡吴兴每春茶山之游，洎入太湖，羡意减矣。故云。”吴兴即湖州的古称。洎意思是“到，及”。诗人本来羡慕境会亭的茶宴，但是到了太湖明月湾，羡慕之意锐减，希望有机会邀请崔刺史一起共游明月湾品茶赏景。

明月湾古村位于太湖西山岛南端，地形宛如一钩明月，同时也因 2500 多年前的春秋时期，吴王夫差携美女西施在此共赏明月而得名“明月湾”，是吴中西山最古老的村落，以湖光山色、风景优美、文化遗存丰富多彩而著称。

唐代，明月湾已闻名遐迩，大诗人白居易、皮日休、陆龟蒙等，都曾到此，留下了赞美明月湾的诗作。晚唐诗人皮日休有《明月湾》题咏：“试问最幽处，号为明月湾。”由此，明月湾得了“太湖最幽处”的名号；陆龟蒙奉和皮日休的同名诗中，也提到：“择此二月明，洞庭看最奇。”可见，诗人们对明月湾评价之高。

南宋金兵南侵，大批高官贵族到西山隐居，到明月湾定居的，有以写诗反对宋徽宗大办花石纲而闻名的谏官邓肃，抗金名将、四川宣抚使吴璘的儿子吴挺等。明清两代，大批明月湾人加入了号称“钻天洞庭”的洞庭商帮，靠外出经商发家致富。清乾隆、嘉庆年间，明月湾达到了鼎盛，修建了大批精美的宅第，以及祠堂、石板街、河埠、码头等公用建筑。这些宅第和祠堂，有精致典雅的砖雕、木雕、石雕，建筑极富地方特色。

▲ 石板街

明月湾现存古村面积约 9 万平方米，有常住居民 100 余户，近 400 人，多为靠种植花果、碧螺春茶和兼太湖捕捞为生的农民，姓氏以邓、秦、黄、吴为多，多为南宋退隐贵族的后裔。明月湾依山傍湖，三面群山环绕，终年葱绿苍翠，深藏不露，深得桃花源意境。村内设两条东西走向的主要街道，两街之间有多条横巷，纵横交叉，井然有序，俗称棋盘街。街面均以花岗岩条石铺设，下为沟渠，有“明湾石板街，雨后穿绣鞋”的民谚。

街道两旁多古建筑，高低错落，斑驳苍古。这些古建筑，大多建于明清鼎盛时，原建筑以二层为多，普遍是二到三进，外貌古朴简洁，内部精细文雅。那些老房，有的是宗族的公房（祠堂之类），有的是大户人家耕读传家的老宅。祠堂就叫黄氏宗祠、秦氏宗祠、邓氏宗祠等，老宅就用主厅的名字命名，如礼和堂、裕耕堂、礼耕堂、敦伦堂等。明月湾现存的古建筑单体，总体来说在体量大小和装饰精细程度方面，不及西山东村、堂里、湾里的古建筑，但明月湾现存的古建筑数量更多，分布较集中，并绕以长达 1000 多米的石板街，更能体现江南古村的原始风貌。

村口沿河有一棵千年古香樟，是明月湾村的标志，见证了古村的千年历史。相传此树为唐代诗人刘长卿到明月湾访友时所植，树龄已有 1200 多

▼ 黄氏宗祠

年。树干直径 2 米，树冠高 25 米。因经火焚雷劈，一侧主干成枯木，后发主干倚原主干背而生，故村人戏称它为“爷爷背孙子”树。河上明月桥，亦为清代花岗石筑成。相传吴王夫差和美女西施赏月就在此桥上，故名。

古村的西南沿太湖边的石码头，是从前明月湾人与外界来往的主要水上通道。白居易等历代诗人也是从此码头入村的。始建年代不详，清乾隆二十一年（1756）村民集资重修。

▲ 古码头

现在的明月湾古村已恢复“巍巍古香樟，青青石板路，盈盈明月桥，幽幽古村落”的古村风貌，一个近千年的古村落正向世人展示着她的魅力。

归省过太湖

◎明·王鏊

十年尘土面，一洗向清流。
山与人相见，天将水共浮。
落霞渔浦晚，斜日橘林秋。
信美仍吾土，如何不少留。

陆巷古村位于太湖东山岛南端，背山面湖，同太湖西山岛遥遥相望，依山傍水，风景秀丽。陆巷古村源于南宋，距今逾千年，是目前江南建筑群体中质量最高、数量最多、保存最完好的明清古村落。作为全国首批历史文化名村，被誉为“太湖第一古村”。村中明代老街、三元牌楼、各种厅堂鳞次栉比。陆巷古村也是明代正德年间大学士王鏊的故里，王鏊曾连捷解元、会元、探花，其门人唐寅称他为“海内文章第一，山中宰相无双”。

▲ 陆巷古村

王鏊（1450—1524），字济之，号守溪，晚号拙叟，学者称其为震泽先生，吴县（今江苏苏州）人。明代名臣、文学家。王鏊自幼随父读书，聪颖异常。他 8 岁能读经史，12 岁能作诗。16 岁时，国子监诸生即传诵其文。明成化十一年（1475）进士，授翰林编修。明孝宗时历侍讲学士、日讲官、吏部右侍郎等职。再任吏部左侍郎，拜户部尚书、文渊阁大学士，后加少傅兼太子太傅、武英殿大学士。与吏部尚书韩文等请武宗诛刘瑾等“八虎”，但事败未成。王鏊在任上尽力保护受奸臣迫害之人，终因无法挽救时局而辞官归乡。此后家居 16 年，终不复出。

明弘治五年（1492）九月，王鏊与吴中同在朝中为官的吴宽被任命为江南乡试主考官，赴任途中于乡间逗留数日，文徵明之父文林设宴款待，

▲ 寒谷渡

沈周应邀作陪。临行，沈周作《送行图》相赠，王鏊作《归省过太湖》诗题其上。这首诗写得自然流畅。首联“十年尘土面，一洗向清流”就是写自己身在官场，但是必须坚持正义，绝不同流合污。在陆巷古村门前的牌坊，牌坊的四根石柱上，有两副楹联，“山与人相见，天将水共浮”“万顷碧波奔眼底，千年史诗激胸中”。前一副楹联就是诗的颔联，描写了陆巷古村背山面水的地理优势，水天一色的开阔之境。进陆巷古村有一条沿河的石板路，尽头是一座石砌码头，码头上建有遮风避雨的瓦屋。朝河一面屋顶挂一块匾额，上书“寒谷渡”。两边柱联“落霞渔浦晚，斜日橘林秋”，就是诗的颈联，描写出了陆巷古村面朝太湖，背靠青山，晚霞落满天，霞光映照着秋天挂满橘子的橘树林，一片火红。尾联“信美仍吾土，如何不少留”，意思是“我”的家乡的确很美，怎么会不想再稍留片刻呢？这一联也抒发了诗人对自己家乡的赞美，对友情的赞美。

南宋初年，北方豪门为了躲避中原战乱，纷纷南迁，途经太湖时见到这里如同世外桃源，便有多位战将将家眷安顿在此，慢慢形成了一街、六巷的村庄。陆巷的名字便是由于当时筑有六条古巷而得名。还有一种说法是陆巷村是东山王氏世居之地，本称王巷。后因王鏊曾祖父王彦祥赘于陆子敬家为婿，遂改称陆巷。以后王彦祥仍归宗，恢复王姓，而陆巷之名未改，直至于今。陆巷得名的第三种说法是因王鏊母亲姓陆。

陆巷出人才，古代出过状元、宰相，据最新版的《陆巷村巷》载，古

▲ 解元坊、会元坊、探花坊

代出进士 54 人，被誉为“宰相故里”“进士教授之村”。最出名的人物大概要数王鏊、叶梦得了。

在陆巷古村可以看到解元坊、会元坊、探花坊三座石牌坊，记载着在明朝万历年间，王鏊两年之间连中乡试第一名，会试第一名，殿试第三名。王鏊不仅官做得好，文章也写得好，他编修的《姑苏志》，历来为中国志书之骄傲。

▲ 惠和堂

走过三座石牌坊向右拐，就是王鏊的故居“惠和堂”。故居前的石阶上，还可以看到被当年王鏊的骡车碾出的两道深深凹槽。故居前后五进，148 间房。大厅正中屏风上有唐寅的《王鏊出山图》，大厅周围和走廊上挂满了散发着悠悠墨香的名人字画，现出庭院深厚的人文底蕴。

陆巷另一位大名鼎鼎的人要数宋代户部尚书叶梦得了，他的故居为宝俭堂。叶梦得为东山叶氏始祖，北宋绍圣四年（1097）的进士，一生为官，为人民安康做过许多好事，但他在文学上的名声更大，工于诗词。叶梦得的故居早已荒废，幸得苏州许青冠、陆惠霞夫妇，倾力重修，在故地修复了“宝俭堂”，成为苏州私人出资修复名人故居的一个典范。令人关注的是，宝俭堂里密密麻麻地陈列着自宋以来叶梦得后裔的官位、学位和技术职位，也印证了陆巷是自古出人才的宝地。

▲ 遂高堂

遂高堂，王鏊胞弟王铨的故居，也是陆巷最为古老的一幢明朝古建筑。王铨，举人，曾被推荐去杭州府做官，但他不愿为官，拒不上任，反而隐居家乡。在京任职的王鏊曾修书赞扬其弟，称自己“输与伊人一着高”。王铨便将所居住宅命名为“遂高堂”。

如今的遂高堂被打造成了洞庭商帮博物馆，完整呈现了洞庭商帮的历史和文化。修复后的遂高堂，大门口已经挂上“洞庭商帮博物馆”的牌子，进门就能看到一幅洞庭商人买卖碧螺春茶叶的场景再现；沿着木质楼梯走上二楼，墙上布置了各种关于洞庭商帮的图片和文字介绍；去往院落的第三进，几个古代商人的蜡像，“站”在一家复原的南北杂货店里，栩栩如生。

陆巷古建筑众多，除上述之外，还有民俗博物馆“怀德堂”、王家祠堂“怀古堂”和苏州最小的园林——粒园等。

如今，陆巷古村那些粉墙黛瓦的建筑高低错落掩映在橘子树、枇杷树丛中。人们走上那石板与青砖铺成的小路，寻访这一座座古宅，追述这一个个历史故事。

三山

◎清·吴庄

长圻龙气接三山，泽厥绵延一望间。
烟水漾中分聚落，居然蓬莱在人寰。

三山岛古村

太湖是苏州山水容量最大、历史积淀最深厚、人文景观最多的地方，拥有举世闻名的秀丽湖山自然风光。这里还有很多古村，饱含着许多历史年月遗留的信息，具有极为深厚的历史文化内涵，清代诗人吴庄的《三山》就是吟咏位于太湖三山岛上的古村落。

三山岛位于东山岛以西的太湖之中，距东山陆巷码头约 3.5 千米，居江浙两省交界，因岛上有大山、行山、小姑山而得名，面积 2.2 平方千米。三山岛历来为苏、湖、杭和锡、湖、杭航线之咽喉，在唐咸通年间，明嘉靖、天启年间，清乾隆、嘉庆年间，颇为兴盛。

▲ 太湖蓬莱

吴庄（1675—1750），原名定璋，字友篁，号半园。苏州东山人。清代文人。从小读书，肯研究，尚气节，擅长古诗文。吴庄对后进或家贫失学者，都乐于资助。清乾隆初重修《苏州府志》时，吴庄独任采访，办事认真，颇得当事者器重。他的《半园诗文稿》，入选《国朝诗别裁》，被誉为东山“风雅”之选。吴庄为重修《苏州府志》曾遍游湖山，实地绘图，纠错改误。吴庄一生著述甚丰，其《七十二峰足徵集》与其他遗稿，由儿媳朱氏变卖首饰，偿付刻版付印之费。

这首诗的一二句“长圻龙气接三山，泽厥绵延一望间”描写太湖的广袤辽阔。长圻意为方圆千里之地，表示地域的宽广辽阔。“龙气”指云雾。三山岛虽无高峻巍峨之态，却有层峦叠嶂之姿。舒起缓伏，山水契默和谐。“泽厥”意为宽广的湖面，指太湖一眼望不到边。“一望间”指一眼望去感觉就是天的尽头。正如明代诗人马愈的《太湖》诗中所描写的：“太湖何茫茫，一望渺无极。”诗的三四句写出了三山岛古村在茫茫太湖中就如人间仙境蓬莱一般。“烟水漾中分聚落”中的“聚落”一词古代指村落，诗人描写的太湖湖山之佳，莫如浩渺无涯的碧波烟水中的古村落。“居然蓬莱在人寰”写出了三山岛如同人间的蓬莱仙境，置身其中，犹如来到了世外桃源一般。“蓬莱”指海中仙山。晋王嘉《拾遗记》云：海中有三山，其形如壶。方丈曰方壶，蓬莱曰蓬壶，瀛洲曰瀛壶。明代大学士王鏊在《壑舟园纪》这样描写三山岛：“天会登斯阁地，如睹海上三山，灵奇满目，又如长房缩地，身入壶中而不自知其已仙也。”太湖三山岛苍山碧水，风景幽美，时至今日，依然保持着最为原生态的样貌。

三山岛湖光山色，是饱览吴中山水、太湖景色的绝佳之地。据说岛上曾有十景之胜，如今尚有不少古迹被较好地保存了下来。岛上有三十余幢明清建筑，并有板壁峰、十二生肖石、叠石、龙头山、金鸡石、狮身人面像等怪石奇景，以及吴妃祠等古迹。

三山岛是“吴地文化一万年”的印证。1984 年，考古队在此发现并挖掘出 1.2 万年以前的旧石器和古脊椎动物化石，说明在距今一万多年前，三山岛上就有人类活动的踪迹，它被称为“三山文化”。这证明了太湖流域同样为中华民族的发祥地。同时，大量远古动物化石群的发现，对太湖成形、三山的历史提供了重要的依据。历史上认为太湖是“潟湖”的学说受到了冲击，这引发了考古学界更深刻的科学研究。

三山岛上除了有动物化石外，历来它还以奇石怪石众多而著称。三山岛是太湖石原产地之一，有着吴中第一奇峰之称的板壁峰、狮身人面像石、十二生肖石等。这里还有“花石纲”采石场遗址，在石峰上临空而建的蓬莱亭。众多奇石中有一块石头叫作“四世同堂”，它由 3.6 亿年、2.8 亿年、0.8 亿年、0.4 亿年的四种不同颜色、不同质地的岩石组成。它色彩斑斓，颜色

▲ 板壁峰

▲ 狮身人面像石

各异，是研究岩石成因及接触关系的巨石标本，也是太湖成因的一个重要证据。

三山岛是太湖中的一个小岛，由于地处江、浙两省交界这一特殊地理位置，故有“吴王在道时，俗称三山门”的说法。历史上这里曾有繁华的市场，作为“太湖驿站”供往来船只休息补给，因而建成了大量古建筑。这些古建筑多为明清两代建造，分布在岛上的五个自然村。因为小岛与外界有隔绝，来往的人不多，所以古建筑大多保留完好。至今仍保存了 33 幢明清建筑，其中清剑堂、师俭堂、九思堂、荆茂堂等规模大，品位高，具有很高的历史文化、建筑工艺和旅游价值。

三山岛古村落的宗教资源也很丰厚，古有寺、庙、庵十座，如吴妃祠、关帝庙、清泉庵等，部分寺庙庵已废，但遗迹尚存。目前修缮恢复的有吴妃祠、三峰寺等。吴妃祠中供奉的是“姑皇圣母”，据说是春秋时期吴王阖闾的公主胜玉，这座祠也被当地人亲切地称为“娘娘庙”，因能祈求出行太湖渔民的安全而香火鼎盛。关于吴妃祠，也有传说是西施的水冢。

三峰禅寺掩映在郁郁的树林之中，规模较小，曾被媒体称为“苏州最孤独的禅院”。相传因春秋末期有吴妃姊妹三人，各居一峰而得名。唐咸通十三年（872）建有三峰寺。明代曹熙《三峰寺庄田记》云：“三峰古刹也，四面皆平湖……是山屹乎其中，孤绝而巧，世人呼为小蓬莱，以其与人境别也。钟鼓三百年，风月三万六千顷，胜概甲吴中，高士往往萃焉。”寺庙清新自然，干净简朴，让人备感清净、放松。

三山岛有得天独厚的自然地理环境，气候温和，四季分明，苍山碧水，风景幽美。它宛如太湖中的一颗璀璨的明珠，清代张大纯《三山》诗用“三山岚影泛波光”来描绘三山岛，秀美的湖光山色与其间的人文古迹相映生辉，俨然一幅美丽的江南山水画卷。

▼ 三山湿地

|第|四|部|分|

山水人文篇

灵岩山

游灵岩寺

◎唐·韦应物

始入松路永，独忻山寺幽。不知临绝槛，乃见西江流。
吴岫分烟景，楚甸散林丘。方悟关塞眇，重轸故园愁。
闻钟戒归骑，憩涧惜良游。地疏泉谷狭，春深草木稠。
兹焉赏未极，清景期杪秋。

这是一首游记诗。唐代诗人韦应物晚年到苏州任刺史，一身正气，两袖清风，苏州百姓以“韦苏州”这个美名来敬称他。而韦应物对苏州也是情有独钟，这首五言古诗写诗人游灵岩山的所见所感，全诗以游踪为线索展开。开头两句写沿着长长的松林夹道的山路来到山顶的灵岩寺。进入山寺之后，寺中清幽的境界令诗人非常欣喜。一个“独”字表现了诗人与众不同的审美情趣。也许同游者所津津乐道的是有关西施的故事和遗迹，诗人对此似乎不感兴趣，而对寺内幽雅环境倒颇为欣赏。三、四句写登上高楼的惊喜，在寺里，山下景物看不到，一上高楼，眼前顿时开阔，只见西江滔滔，原野如展，“不知”和“乃见”相呼应，表现了惊喜之情。五、六两句继续写所见到的山下景色。吴地特有的山川林莽，呈现在诗人眼前，诗人对此似乎饶有兴致。在欣赏了一会吴中山水之后，诗人突然想到了自己的故乡长安，那里也是有山有水，但那里的山水与这里不同，思乡之情油然而起，七、八两句写的就是这种复杂的感情，“方悟”句写面对眼前的景象，突然发觉这里是自己客居之地，这里离自己的故乡是关塞阻隔，路途遥远。“重轸”句写的是一种强烈的思乡之情在心头泛起，但是，这里毕竟风光旖旎，令人流连忘返。

赏完山上美景，到山谷中小憩，听那淙淙泉流、嘤嘤鸟鸣，不知日之将暮。这时山顶灵岩寺中传来阵阵晚钟声，好像在催促诗人一行，赶快返城。九、十两句要倒个次序来理解。十一、十二两句是返回灵岩山时所见。诗人走出浅浅的山谷，来到开阔的原野，回首仰望灵岩山，只见漫山遍野一片绿茵茵的花草林木，灵岩山被浓浓的春意笼罩着。该回去了，但诗人游兴未尽，总感到灵岩山美景还未赏够，于是定下了秋游灵岩的计划，到秋末的时候，山上该是另一番清幽之境了吧。读着十三、十四两句，孟浩然的名句“待到重阳日，还来就菊花”，不由从吟者嘴里脱口而出。

灵岩山，本是春秋时代吴王夫差馆娃宫的旧址，也是越国献西施的地方，是世界上最早的山上园林。历代诗人多有诗作抒发对馆娃宫、美人西施和吴国破国的感慨。李白曾有《西施》一诗：“西施越溪女，出自苎萝山。秀色掩今古，荷花羞玉颜……”描述了勾践将西施献给夫差，馆娃宫因西

▲ 鸟瞰灵岩寺

施而闻名，夫差因西施而破国的历史。陆龟蒙却在《吴宫怀古》中写道，“吴王事事须亡国，未必西施胜六宫”，一改西施红颜祸水的偏见，直指吴王夫差“奢云艳雨”、刚愎自用才是灭国之缘由。馆娃宫中，还有一条颇为传奇的长廊“响屧廊”，传说因西施穿着木底鞋在廊中轻歌曼舞，发出清脆的声响而得名。“响屧廊中金玉步，采蘋山上绮罗身”“廊坏空留响屧名，为因西子绕廊行”“响屧长廊故几间，于今惟见草斑斑”“屧廊移得苎萝春，沉醉君王夜宴频”……唐皮日休、元周伯琦、宋王禹偁、明高启、明唐寅、清庞鸣等人都有吟咏，既感慨西施红颜薄命，又愤慨吴王昏庸误国。

现今灵岩山仍尚存吴王遗迹和众多古迹，如吴王井、梳妆台、玩花池、玩月池、响屧廊、琴台、西施洞、智积井、长寿亭、方亭等。清康熙和乾隆下江南时，在山顶筑有行宫，清咸丰十年（1860）焚于兵火。

灵岩山因吴王遗迹引历代诗人感慨，同时，也因风景秀丽，灵岩奇绝

▲ 乌龟望太湖

而吸引众多诗人登临吟咏。灵岩山有“灵岩秀绝冠江南”和“灵岩奇绝胜天台”的美誉。相传，灵岩山因“灵芝石”而得名，山上多奇石，旧有“十二奇石”或“十八奇石”之说。若居高临下，湖光山色，蔚为壮观。明代文徵明登临山顶，眺望太湖，感叹太湖朦胧之美；王鏊与友人携酒登山游览，发出“吴中信是好山水”的感慨。

灵岩山的奇特之处，还在于它的佛教丛林。“南朝四百八十寺，多少楼台烟雨中”，灵岩禅寺就是这四百八十寺之一。灵岩禅寺年代久远，东晋末司空陆玩在灵岩山馆娃宫遗址上修建别业，后捐宅为寺。

南朝梁天监二年（503）扩建为寺院，取名秀峰寺，唐代改成灵岩山。自此高僧辈出，灵岩道场闻名遐迩，历代文人吟咏众多。唐代有韦应物的《游灵岩寺》、白居易的《宿灵岩寺上院》，明代有高启的《姑苏杂咏·灵岩寺》，清代有吴伟业的《西江月·灵岩听法》，等等，既描绘灵岩山之烟雨迷蒙、环境清幽，又刻画出灵山寺之巍峨壮观、恬静脱俗。

有着1600多年历史的灵岩禅寺，几毁几建，现存建筑主要为印光法师于20世纪30年代重建。一代大师印光法师在此驻锡，创立净土宗寺院及相关制度。该寺的中轴线上有天王殿、大雄殿、念佛堂三进殿堂，东部为多宝塔、钟楼、香光厅等建筑，西部为花园。

大雄宝殿右边的花园，是春秋时期馆娃宫的御花园，留有许多名胜古迹。有圆形的吴王井，又称日井，相传是西施照影整容的地方。还有八角

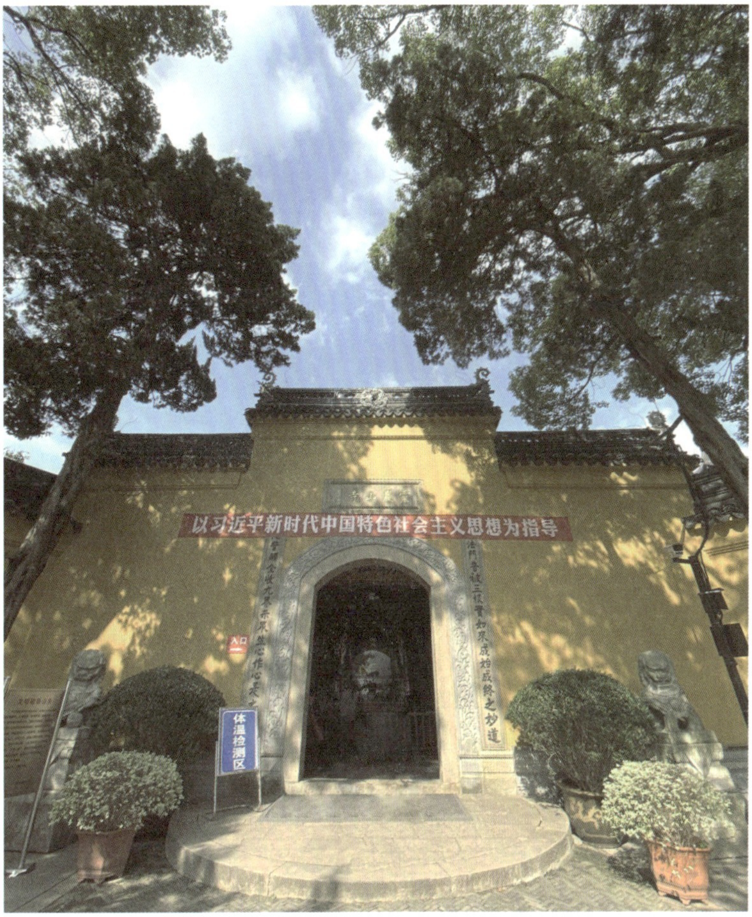

▲ 寺门

▲ 大雄殿

▲ 吴王井

▲ 智积井

形的智积井，又称月井，原为吴王井，后经南朝智积修浚，题为“智积井”。井边有玩花池和玩月池，当年西施曾在此观花赏月，采莲为乐。在吴王井后，有梳妆台，是西施梳妆之所，现台上建长寿亭。在池西，有琴台，是西施操琴之处。石上刻有“琴台”二字，并有明代大学士王鏊手书“吴中胜迹”。清代诗人朱方蔼《晓登灵岩》诗中说“望欲尽句吴，更上琴台去”，点出这里是灵岩山绝顶，景致佳绝，可以俯瞰太湖及洞庭西山。

▲ 灵岩塔

因为灵岩禅寺的存在，灵岩山不仅是吴王的园林、文人墨客向往的名山，也成了因佛寺而出名的圣山。吴越相争的历史已经离我们远去，如今这里留给我们更多的是登高望远的畅快和净心祈愿的虔诚。

虞山

题破山寺后禅院

◎唐·常建

清晨入古寺，初日照高林。
曲径通幽处，禅房花木深。
山光悦鸟性，潭影空人心。
万籁此俱寂，惟闻钟磬音。

▲ 兴福禅寺

这首诗是唐代诗人常建的一首题壁诗，曾入选《唐诗三百首》。诗人抒写清晨游寺后禅院的观感，描写了一个景物独特、幽深寂静的境界，表达了诗人游览名胜的喜悦和对高远境界的追求。

常建（708—765），字号不详。籍贯邢州（今属湖北），唐开元十五年（727）中进士，仕途失意，来往山水名胜，长期过着漫游生活，后隐居于鄂州武昌（今属湖北）。

这首诗题咏的破山寺即兴福寺，在今常熟市西北著名景区虞山上。南朝齐邑人郴州刺史倪德光舍宅所建。这首诗抒发的是作者忘却世俗、寄情山水的隐逸胸怀。首联写诗人在清晨登虞山，入兴福寺，旭日初升，光照山上树林。佛家称僧徒聚集的处所为“丛林”，所以“高林”兼有称颂禅院之意，在光照山林的景象中显露着礼赞佛宇之情。颔联“曲径通幽处，禅房花木深”是本诗的名句，诗人穿过寺中竹丛小路，走到幽深的后院，发现唱经礼佛的禅房就在后院花丛树林深处。这样幽静美妙的环境，使诗人惊叹，陶醉，忘情地欣赏起来。颈联“山光悦鸟性，潭影空人心”写诗人举目望见寺后的青山焕发着日照的光彩，看见鸟儿自由自在地飞鸣欢唱；

走到清清的水潭旁，只见天地和自己的身影在水中湛然空明，心中的尘世杂念顿时涤除。佛门即空门。佛家说，出家人禅定之后，精神上极为纯净怡悦。尾联写诗人面对此景此情，仿佛领悟到了空门禅悦的奥妙，摆脱尘世一切烦恼，像鸟儿那样自由自在，无忧无虑。似是大自然和人世间的所有其他声响都寂灭了，只有钟磬之音，这悠扬而洪亮的佛音引导人们进入纯净怡悦的境界。显然，诗人非常欣赏这禅院幽美绝世的居处，领略这空门忘却尘俗的意境，寄托自己遁世无门的情怀。全诗歌咏隐逸情趣，有一种悠闲适意的情调。

现今兴福寺所在地被开发为兴福寺景区，在虞山北麓幽谷深处，以千年古刹兴福禅寺为中心，景区内兴福茶文化中心、破龙涧、兴福石、舜过泉、空心亭、四高僧墓、君子泉等，胜景处处。兴福寺为佛教重点寺庙，寺内山岚萦绕，古木参天。兴福寺旁茶园树影斑斓，绿意盎然。

放眼来看兴福寺所在的虞山，它横卧于常熟城西北，北濒长江，南临尚湖，因商周之际江南先祖虞仲（即仲雍）死后葬于此而得名。

虞山东南麓伸入古城，有吴文化始祖先贤仲雍墓，古吴国第一代国君周章墓，孔子七十二贤弟子之一的言子墓，有梁昭明太子萧统读书台，山北、山巅有兴福寺、维摩山庄、古剑阁、藏海寺等名胜及明末民族英雄瞿式耜墓，还有元代大画家黄公望墓，明代抗倭名臣王扶墓，明末清初一代文宗钱谦益、名伎柳如是墓，清代大画家、开创“虞山画派”的王石谷墓，清同治、光绪两朝帝师、支持维新变法的翁同龢墓，清末民初著名文学家曾朴墓，等等。

▲ 名人辈出

虞山与古城、山南尚湖融为一体，构成独特的景观特色，自然山水秀

▲ 尚湖

雅，人文景观丰富，历来为江南旅游胜地。

虞山的雄奇之处便是处于最高峰（锦峰）的剑门。剑门以奇石险峻夺人。绝壁中开如门缝，窄处仅二尺许，顶端有巨石堵于“门缝”，凌空欲坠而不坠，令人生畏。明人沈周在《拂水岩》中“绝壁云扶将坠石，豁崖风勒下奔泉”，说的就是此石。

常熟古城已有1700多年历史。虞山城墙是常熟城墙中沿着虞山的一

▲ 虞山城墙

段。它是苏南地区唯一腾山而筑的城墙，故有“江南小长城”之称，占地 2.7 万平方米。登城极目四顾，青山绿水，古城巷陌，山、水、城融为一体，显示“十里青山半入城”的独特景致。

宝岩，位于虞山南麓宝岩湾的苍山翠谷之中，临湖依山，空气清新，犹如天然氧吧。千年古刹宝岩禅寺，香烟缭绕，周边竹海环抱，杨梅繁盛。

维摩景区位于虞山中部箬帽峰，以维摩山庄为中心，与辛峰景区相衔接。维摩山庄原为佛家胜地，名维摩寺，始建于南宋隆兴元年，后屡废屡复。

三峰清凉禅寺，坐落于虞山北麓，因乌目峰、龙母峰、中峰而得三峰之名，旧名三峰禅院，相传建于齐梁，为近代禅宗祖庭。整个寺庙建筑保持了明代建筑风貌，在苍松翠柏的掩映下，曲径回廊，竹林花木，幽雅清静，无上清凉。

穹窿山

穹窿山

◎宋·杨备

吴郡名山第一山，翠微心在碧霄间。
林泉潇洒烟岚秀，直拟结庐终老闲。

穹窿山，又名穷隆山、穹崇山。绵延于苏州光福、藏书、胥口三镇和香山之间。主峰笠帽峰为太湖东岸群山之冠，素有“吴中第一峰”之称。民间俗语有“阳山高高高，不及穹窿半截腰”之说。明代吴宽有《穹窿山诗》，诗中将苏州西部各山与穹窿山做比较，突出穹窿山之高，凸显吴中第一峰的气势。

▲ 穹窿山

穹窿山背靠小王山，东临佛教名山灵岩山，南与香山桃花岭、白马岭、烂柯山、大苑岭、小苑岭等诸名胜同脉毗邻，峰峦连绵起伏，犹如游龙翻腾之状，气势磅礴。历代诗人在穹窿山留下很多不朽之作。正如宋代诗人杨备的这首《穹窿山》所吟咏的那样，此山钟灵萃秘，峰峦起伏，岭道纡曲，峻峭深幽。

杨备（生卒年月不详），字修之，建平（今安徽郎溪）人，北宋名臣杨亿之弟，因兄而荫补入官，一说为北宋端拱二年（989）进士。任长溪令、华亭令等职，庆历时以尚书虞部员外郎分司南京，故世称杨虞部。与当时的名臣、有“红杏枝头春意闹”句的宋祁交好，文学造诣极高，有《姑苏百题诗》三卷、《金陵览古诗》三卷等诗作。他有许多诗歌传世，诗句大多描写南京、苏州及太湖的景物。

这首诗第一句“吴郡名山第一山”点明穹窿山是“吴中第一峰”，第二句“翠微心在碧霄间”写穹窿山苍苍茫茫，一片青翠，映衬着蓝天。“碧霄”指蓝天。宋苏轼《虚飘飘》诗有：“露凝残点见红日，星曳余光横碧霄。”前两句总体描写穹窿山的高耸和苍翠。诗的后两句“林泉潇洒烟岚秀，直拟结庐终老闲”中“林泉”指山林和泉石，也特指隐居之地。“烟岚”指山林间蒸腾的雾气。唐代诗人宋之问《江亭晚望》诗有：“浩渺浸云根，烟岚出远村。”“结庐”指构筑房舍。陶渊明《饮酒》诗：“结庐在人境，而无车马喧。”诗人感觉穹窿山环境清幽，云雾缭绕，是难得的可以建竹篱茅舍，在此安度晚年的清闲之地。

穹窿山不但气势雄伟，而且风光旖旎，“云来山更佳，云去山如画。山因云晦明，云共山高下”。不论晴天、雾天，还是雨天、雪天，都景色宜人，各有特色。正如吴宽诗中所描述：“舟行半日青已了，却被浓云忽遮断。水回路转二三里，依旧诸峰青历乱。”

穹窿山山道蜿蜒盘旋，曲折伸向山巅。全长 12 千米的盘山公路蜿蜒曲折，直达山顶，贯穿各个景点，著名景点有孙武苑、朱买臣读书台、望湖园、上真观、宁邦寺、玩月台等。

乾隆御道全长约2000米，这条山道可通达上真观、望湖园、三茅峰等景点。清康熙、乾隆两帝南巡游览穹窿山，走的就是这条山道，故被称为“乾隆御道”。

▲ 乾隆御道

苏州诸山多有御道，比较著名的有上方山的御道，天平山到花山的御道，灵岩山上山道和寒山岭的御道。穹窿山御道和其他御道不同之处在于，一般的御道路面常用青砖竖砌成“人”字形花纹，寓意过路者是“万人之上”的君主。而穹窿山上的御道用山石铺成。究其原因，在于这条山道早在宋代时就已经砌筑，路面平坦、方便行走，即便骑马上山也不成问题。因此，即使在乾隆南巡浩大的迎驾过程中，山道仅是加以修缮，并非重修。

望湖园，是穹窿山的山顶花园，乾隆皇帝六下江南，六次来穹窿山，每次都会到上真观祈福，然后到山顶眺望太湖，领略风景，此处故得名

▲ 望湖园鸟瞰

“望湖园”。望湖园内有望湖亭，中心保存着一块石碑，上面镌刻着乾隆曾经站在此点，放眼江山时留下的赞诗：“震泽天连水，洞庭西复东。双眸望无尽，诸虑对宜空。三万六千顷，春风秋月中。五车禀精气，谁诏陆龟蒙。”

穹窿主峰大茅峰东南山谷称茅蓬坞。半山腰有寺名茅蓬寺，创建于唐会昌六年（846），相传为朱买臣故宅。今存盘石一方，上有明正德四年（1509）都穆题刻“汉会稽太守朱公读书处”十个大字。这里是中国古代五大名台之一。朱买臣读书台是一块纯粹天然的石块，无任何人工修饰的成分。穹窿山是西汉名臣朱买臣的故里，朱买臣在这里苦读，大器晚成，终于显贵。

▲ 朱买臣读书台

相传朱买臣做樵夫时，不胜清苦，但是不改其读书之志。他边劳作边读书，怕人嘲笑，书册都藏在山中，不带回家去，这就是地名“藏书”的来历。朱买臣读书十分刻苦，即使在担柴路中，也一边走，一边念书，这就是所谓的“负薪读书”。后来，“负薪读书”同李密“牛角挂书”、匡衡“凿壁偷光”、车胤“囊萤夜读”故事，一起被视作我国古代名贤勤奋读书最有代表性的例子。

▲ 上真观

穹窿山是吴中道教名山，山中有上真观，坐落在三茅峰的上真观，是吴中著名道教宫观，相传神仙赤须子采石脂于此。上真观是苏州海拔最高的道观，也是江南最大的道教中心，曾有“上真观后有玄妙观”的历史记载，享有“江南第一观”之美誉。为重现上真观的辉煌历史，穹窿山风景区启动了重修工程，先后修缮了观内的三清阁、财神殿等主要建筑，并完善了相关旅游配套设施。

穹窿山二茅峰，坐落着一座古寺——宁邦寺。据史料记载，始建于梁代，称“海云禅院”，唐朝会昌时被毁。重建于南宋绍兴十二年（1142），当时抗金英雄岳飞被秦桧谋害后，抗金名将韩世忠看破朝廷的腐败，隐居在苏州的沧浪亭，他的六位部将也随之在此剃发修行，出家隐居。他们虽然离开了朝廷，但还是心系国家，于是把“海云禅院”改名为“宁邦寺”，宁邦是希望国家和平安宁的意思。

穹窿山还是兵家圣山，据说兵圣孙武曾经隐居于此，兵家圣典《孙子兵法》就是在这里写成。这是一个千古之谜，一个二十多岁、从未有过战争实践的年轻人，何以能对战争进行近乎终极的思考？孙武已经把战争提

▲ 孙武苑

▲ 兵圣孙武雕像

升到思想和艺术的高度来思考了，难怪他的《孙子兵法》与《易经》《心经》一样被尊为经典中的经典。

穹窿山景区拥有丰富的自然资源，景区拾级而上，步移景易，或苍松翠竹，或泉水潺潺，环境极为清幽静谧。目前正在打造“天下第一智慧山”，以自然生态资源为基础，以孙子文化、宗教文化、皇家文化、休闲文化为补充，成为太湖第一名山，也必将迎来更多瞩目。

天平山

天平山中

◎明·杨基

细雨茸茸湿楝花，南风树树熟枇杷。
徐行不记山深浅，一路莺啼送到家。

▲ 天平山

天平山是吴中名胜之一，林木秀润，奇石纵横，在苏州城西面，山顶正平，称望湖台，山上有白云泉、白云寺、万笏林等名胜。诗人杨基家在赤山，离天平山很近。他自幼生活在这里，山中的一木一石，对他来说，都十分熟悉，十分亲切。元末，为避乱世，诗人曾隐居于故乡，这首诗便是诗人隐居时漫步山中，有感而作。

杨基（1326—1378），元末明初诗人。字孟载，号眉庵。原籍嘉州（今四川乐山），大父仕江左，遂家吴中（今浙江湖州），杨基与高启、张羽、徐贲为诗友，称为“吴中四杰”。

诗的第一句“细雨茸茸湿楝花”描写在细雨蒙蒙之中，淡紫色的楝花被雨水打湿，非常娇艳和滋润。“楝”指江南一带常见的落叶乔木，春天开淡紫色的花。诗的第二句“南风树树熟枇杷”描述南风吹拂着金黄色的枇杷。这两句都是描写江南春天特有的景色。前两句诗对仗工整。“细雨”对“南风”，都是自然气候；“茸茸”对“树树”，描写春天的盎然生机；“湿楝花”对“熟枇杷”，都是春天的花果。诗人喜悦的内心感受到了春天的美景。

诗的三四句“徐行不记山深浅，一路莺啼送到家”写诗人慢慢沿着山路行走，竟不知山路的路途远近。沿路树上的黄莺不停地鸣叫，一路上跟随诗人，似乎把他送到了家。画面非常生动活泼，山路幽静，但是诗人满耳莺啼，不知不觉中回到了家。诗人从小生活在这里，对这里的一草一木非常熟悉，也特别有感情，诗中流露出一种悠然自得的闲适心情。前两句写满眼春天的多姿多彩的颜色，后两句写春天生动活泼的春意，声色相依，诗人完全被大自然所感染。

全诗写细雨绵绵，微风阵阵，这是诗人从触觉上描写惬意的感觉；看到淡紫色的朵朵楝花，金黄色的一树树枇杷，这是诗人从视觉上描写色彩；山中徐徐慢行，一路上黄莺鸣声婉转，似乎唱着轻快悦耳的山歌，这是诗人从听觉上描写。诗人分明从多角度描写了一幅美妙的天平山行图。[1]

▼ 天平红枫

[1] 参见：http://www.gushiwen.org。

天平山海拔 201.6 米，山势峭峻奇险，系北宋名臣范仲淹先祖归葬之地。现辟有天平山风景名胜区，以怪石、清泉、红枫三绝著称，有万笏朝天、高义叠翠、万丈红霞、玉泉轻吟等十八胜景，有“吴中第一山”“江南胜境”之美誉，是中国四大赏枫胜地之一。

天平山因山势高峻，唐代称为白云山；后因范仲淹高祖葬于山之东坞，俗称范坟山，又名赐山。范仲淹曾、祖、父三世都被追赠国公，故范坟又叫三太师坟。

天平山有怪石“万笏朝天”，“万笏”比喻奇石嶙峋。传说天平山本乱石横生，势如五虎扑羊、乱箭穿胸，而范仲淹无视风水险恶，将龙脉福地拱手让出办学，自择绝地葬先祖于此。范家先祖落葬之时，电闪雷鸣，风雨大作，惊得满山顽石翻身，成就了“万笏朝天”的石柱奇构。明代唐寅赞其为“千峰万峰如秉笏，棱棱蹭蹭相壁立”。

天平山泉属裂隙泉，含矿物质，水质极佳，大旱不竭。山半白云泉，味极甘洌，“茶圣”、唐代陆羽品评为“吴中第一水”。泉旁岩壁刻有书法家费新我所书白居易《白云泉》诗：“天平山上白云泉，云自无心水自闲。何必奔冲山下去，更添波浪向人间。”天平山最早知名据说是缘于唐代大诗人白居易，白居易任苏州刺史时常常在天平山赏景赋诗，他的这首《白云泉》诗让天平山和它的白云泉远近闻名。白云泉在天平山护山奇石一线天前，历代题咏不绝，原

▲ 清 · 黄鼎《天平山图》

▲ 唐·白居易《白云泉》

▲ 一线天

有摩崖石刻40余处。

明万历年间，范仲淹第十七世孙范允临从福建带回380棵枫香植于山前。这些枫香历经400多年沧桑，依然健壮，生机盎然。每当深秋时节时，枫林经霜，层林尽染。袁景澜在《吴郡岁华纪丽》中说道：“丹枫烂漫锦妆成，要与春花斗眼明。虎阜横塘景萧瑟，游人多半在天平。”当虎阜横塘景色都已经萧条的时候，游人则多在天平欣赏烂漫的红枫。南社诗人庞树

▲ 天平山红枫

柏更是称赞“晚枫初着霜，靓于越溪女”。

据 2012 年统计，天平山尚存明代古枫 131 棵，其老态古朴之姿，亦有一番景致。天平山风景管理处还种植了 3000 余株“接班枫”，新老枫香交相辉映。天平山的红枫，学名枫香，叶呈三角状、鹅掌状，有别于其他地方的枫叶，主要特异之处还在于其绮丽鲜艳的色彩。由于树龄不同，地势不同，长势有强有弱，又受山体阻挡，所接受的寒气不一样，枫叶的色彩变化有先有后，有深有浅，甚至出现绿丛中一株红。更有趣的是，在一棵树的大小枝叶上呈现出嫩黄、橙红、赭红、血牙红、深红等自然景观，似如鲜花争艳，为树冠之花，人称“五彩枫”。望枫台是天平山观枫叶的最佳地点。每当秋日枫红之际，登上此台眺望，四周锦灿，层林尽染，红霞满眼，正是“人入霜林疑仙境，赤橙黄绿五彩中”。深秋时节，天平山观红枫，也成为代代相习的民俗活动。

天平山人文景点众多。有与范仲淹相关的范文正公忠烈庙、范仲淹纪念馆、范氏祖茔、高义园、“先忧后乐”坊；有与乾隆皇帝有关的御碑楠亭、乾隆御道；有素有“山地园林建筑之典范”之称的天平山庄；还有传说中文人雅集的芝房……

天平山作为江南的一座名山，奇特的自然景观和独步的人文景观水乳交融，造就了闻名遐迩的天平胜景。

▲ 范仲淹塑像

▲ 先忧后乐坊

邓尉山

入邓尉山（节选）

◎清·归庄

我行入西山，山溪涸无水。
舍舟就篮舆，旋转三十里。
四望梅花林，不辨香所起。
夹道无断续，依山有层累。
彳亍断桥边，登顿深林里。
饥劬固不辞，日暮焉栖止。

邓尉山位于苏州城西南30千米处，吴中区光福镇西南部，因东汉太尉邓禹曾隐居于此而得名。邓尉山一带是江南著名的探梅胜地，名为“香雪海”。

初春时节游人便会纷纷而至，淡淡的、幽幽的花香，透过疏瘦有致的梅枝向游人迎面扑来。人未入山，心已半醉——放眼望去，梅花似云似雪，似烟似海。南宋范成大在《梅谱》里记述：“光福山中栽梅为业者恒十之七，树梅则绵亘数十里，种梅如种谷。”归庄的这首诗就描写了自己到邓尉山探梅的情景。

归庄（1613—1673），明末清初书画家、文学家。字尔礼，又字玄恭，号恒轩，入清后更名祚明，又自号归藏、归乎来、悬弓、园公、鏖鏊钜山人、逸群公子等，昆山（今属江苏苏州）人。明代散文家归有光曾孙，书画篆刻家归昌世之子，明末诸生，年十七入复社，与顾炎武相友善，有“归奇顾怪”之称，清顺治二年（1645）在昆山起兵抗清，事败，改僧服亡命，后隐居不出，以遗民终。工草书、画竹，善文辞，诗多奇气。著有《悬弓集》《恒轩诗集》，均失传。后人辑有《归玄恭遗著》《归玄恭文续钞》及辑本《归庄集》。

归庄的《入邓尉山》全诗24句，这里选取前12句。这首诗写于康熙

▼ 梅林

五年（1666）。归庄对邓尉山情有独钟，一生五次入邓尉山探梅，曾祖归有光曾在此读书，所以诗人对这里有特殊的感情。诗的开头四句“我行入西山，山溪涸无水。舍舟就篮舆，旋转三十里”写诗人一行在山中行路，因山水干涸而舍弃小舟，乘坐篮舆小轿，婉转曲折走了三十里路。中间四句诗写梅花盛开的景致。“四望梅花林，不辨香所起。夹道无断续，依山有层累。”放眼望去，山下一片梅花林，如雪一般，芬芳的花香飘荡在四周，不知从何而起，沿途目光所极之处，梅树连片，成群扎堆。依山而上，一层一层梅树的枝头缀满了层层叠叠的花瓣。最后四句“彳亍断桥边，登顿深林里。饥劬固不辞，日暮焉栖止”写诗人欣赏梅花，走走停停，不知不觉到了梅林深处，全然不顾饥饿与疲劳，无奈天色已暗，只得于此歇息。

这首诗写出了早春时节诗人来光福邓尉山探梅，看到梅花吐蕊，势若雪海，不愧为江南最著名的探梅胜地之一。

光福邓尉山是古代著名的梅花风景之地，无论在古代山水风景旅游史上，还是梅文化发展史上都久负盛名，为中国四大赏梅胜地之一。清代龚自珍《病梅馆记》写道：“江宁之龙蟠，苏州之邓尉，杭州之西溪，皆产梅。”可见，苏州邓尉山梅花名声之大。邓尉山因东汉太尉邓禹隐居此山而得名，两峰相连，习惯上称北峰为邓尉，南峰为玄墓（也作元墓），光福探梅之地主要为这两处。明代顾潜《玄墓看梅》、明代申时行《光福看梅舟行遇雪纪山》、清代王士祯《邓尉竹枝词》、清代张诚《光福里探梅》等诗中均有提及。

光福探梅最佳处，莫过于香雪海。清康熙年间江苏巡抚宋荦冒雨登吾家山探梅，一眼望去，梅花胜景如雪似海，暗香浮动，不禁触景生情，赋诗曰：“探梅冒雨兴还生，石径铿然杖有声。云影花光乍吞吐，松涛岩溜互喧争。韵宜禅榻闲中领，幽爱园扉破处行。望去茫茫香雪海，吾家山畔好题名。”随即又写下“香

▲ 宋荦题香雪海

雪海”三字，并叫人镌刻在石崖上。“香雪海”一词生动概括了邓尉山梅花的特点，此题名也迅速流传开来，邓尉山“香雪海”名扬天下。

探梅访梅的人群中，除了文人墨客、四方名流外，也有帝王身影。康熙三次、乾隆六次来到香雪海，驻足闻梅馆，赏梅，品茶，也留下了大量诗作。二位皇帝有 19 首赞美梅花的诗篇。相传，乾隆有 5 首镌刻在石碑上，立于香雪海，目前仍存有一块御碑，立在梅花亭西侧。

▲ 御碑

▲ 闻梅馆

▲ 梅亭

香雪海数百亩梅林，梅花品种繁多，以千叶重瓣白梅为主，红梅、绿梅、紫梅、墨梅等，应有尽有，形成“登楼观梅，入园探梅，进廊览梅，登山赏梅”四大赏梅景点。

司徒庙坐落于光福邓尉山麓香雪海村，是祭祀东汉初大司徒邓禹将军的祠庙，又叫古柏庵、柏因社、柏因精舍。司徒庙始建年代历史未载，无以考证。现在的殿宇是清末民初重建，也叫邓尉庙。庙内四株古柏传为东汉司徒邓禹手植，长得古拙别致，距今已有1900余年，清乾隆南巡命名为“清奇古怪”。这四株古柏造型别致，姿态各异，虽经千年风霜雨雪，日曝雷击的侵袭，却依然遒劲壮观，犹如天然盆景，堪称天下奇绝。民国元老李根源将古柏与织造府瑞云峰、汪氏义庄假山、拙政园紫藤，并称为“苏州四绝”。著名作家、园艺家周瘦鹃称它是苏州“最最宝贵的宝树”。

▲ 司徒庙

▲ “清奇古怪”古柏

司徒庙赏柏厅侧碑廊内，置有两部佛经，即明代的《楞严经》和《金刚经》，刻工精美，保存完整，十分珍贵。另存有康熙二十八年（1689）巡视光福邓尉山时的御书“松风水月”碑，是一块上乘的书法艺术石刻。

香雪海、司徒庙与铜观音寺，为吴中光福景区重要景点。这里山水、人文俱佳，名胜古迹密集，吴文化内涵深厚，是“湖光山色，洞天福地”的好地方。

太湖

◎宋·范仲淹

太湖

有浪仰山高，无风还练静。
秋宵谁与期，月华三万顷。

▲ 初冬太湖

这首诗描绘了太湖波澜壮阔的景色。太湖，又名五湖。跨江苏、浙江两省，大小岛屿48座，山外有山，湖中有湖，峰峦连绵，层次重叠，72座高峰中间有两座高山，东边为东洞庭山，西边为西洞庭山。要把这烟波浩渺、气象万千的太湖景色包举在一首仅20字的五言绝句之中，是非常不容易的，但是，诗人经过精心构思，巧妙布局，提炼概括了太湖景色，生动形象地勾勒了太湖气势雄伟的瑰丽景象，使人读后回味无穷。

范仲淹（989—1052），字希文，吴县（今江苏苏州）人。幼年丧父，母亲改嫁长山朱氏，遂更名朱说。北宋大中祥符八年（1015）中进士。授广德军司理参军，迎母归养，改回本名。庆历三年（1043）七月，授参知政事，主持庆历改革，因守旧派阻挠而未果。次年罢政，自请外任，历知邠州、邓州、杭州、青州。皇祐四年（1052），改知颍州，范仲淹扶疾上任，于途中去世，终年64岁。谥号“文正”，世称范文正公。范仲淹对家乡苏州情有独钟，兴办府学，景祐元年（1034）八月诏令苏州治水，引太湖之水注入东海，并写下了脍炙人口的太湖赞美诗。

这首短短二十字的五言绝句诗写出了太湖从波澜壮阔到风平浪静的过程。前两句“有浪仰山高，无风还练静”描写太湖狂风骤起，湖面掀起惊涛骇浪，宛如一座座拔地而起的山峰，而无风无浪时太湖就是波澜不惊、水平如练的平静景色。有浪涌的时候，太湖看上去犹如山一样高大；没有风的时候，太湖就如白练静置般平稳。“仰”字写出了太湖浪涛之高，当太湖有风浪之时，是一种奇险之景；狂风怒号，浊浪排空，太湖呈现动态之景。“还”字点明了湖面由狂风巨浪回复到风平浪静的变化。太湖风平浪静时，湖面碧波万顷、水平如练，就显得分外宁静。“练”指白绢，古人往往以此用作水的比喻。静态的太湖是幽美恬静、景色宜人的。

诗的三、四句“秋宵谁与期，月华三万顷”，诗人由景转情，想象这秋夜里谁与我约定，共赏这三万顷壮丽的月光美景。“谁与期”是倒装句，应是“与谁期”，“期”是约的意思。诗人想象秋夜的太湖月光皎洁，水面浮动着月光的倒影，如能泛舟湖上，欣赏太湖月色，该是多么美好的事情啊！太湖号称三万六千顷，如此皓月当空的夜晚，诗人特别想与谁相约一起去欣赏太湖的月色。诗人在这里把自己的主观感情与太湖的客观景色紧密地结合起来，情景交融，浑然一体。全诗采用多种修辞手法，有比喻、夸张等，表现出太湖两种完全不同的面貌。❶

总观全诗，诗人首先从白天写起，分别写有风浪与无风浪的两种太湖景色；然后设想夜晚的太湖月色，希望与友人一起相约泛舟太湖赏月。

太湖，又名震泽、具区，面积2400多平方千米，是我国五大淡水湖之一，为国家重点风景名胜区。古人誉为“吴中胜地”“海内奇观”。清代归有光著《吴山图记》描述太湖说：“太湖汪洋三万六千顷，七十二峰沉浸其间，则海内之奇观也。”太湖流域自然山水秀丽奇美，历史文化积淀也极为深厚，古往今来描写太湖美景的诗词歌赋不胜枚举。

晚唐诗人皮日休和陆龟蒙唱和的诗歌合集《松陵集》中，二人各有20

---

❶ 参见：http://www.gushiwen.org。

▲ 太湖风光

首太湖诗，太湖、林屋洞、消夏湾、明月湾等，无不在诗中呈现。皮日休诗“三万六千顷，千顷颇黎色”，陆龟蒙诗“东南具区雄，天水合为一”，描写太湖汪洋博大。宋代诗人翁卷《过太湖》诗曰“水跨三州地，苏州水最多”，则点明太湖水面绝大部分在苏州境内。宋代诗人王禹偁游览太湖西山时作《洞庭山》，“万顷湖光里，千家橘熟时”，提到太湖东西洞庭山的特产料红橘。一年四季景中，太湖秋景最为迷人。唐代诗人王昌龄在《太湖秋夕》中就写道：“水宿烟雨寒，洞庭霜落微。月明移舟去，夜静魂梦归。暗觉海风度，萧萧闻雁飞。”在深秋傍晚之际，烟雨、秋霜、明月、冷风、大雁等，呈现太湖寒冷孤寂之美。

太湖，湖不深而辽阔，山不高而清秀，湖中岛屿星罗棋布，错落有致。湖光山色与镶嵌在山环水抱之中的渔港、村落所构成的田园风光：小桥流水，绿树人家，稻香桑茂，碧波繁花，恬适淡然。风光旖旎秀美的太湖，也滋养了渊源久远的太湖文化，这里有典雅古朴的各种古典园林、古桥梁、明清古建筑群和水乡文化古镇。

现今的苏州太湖风景区包括了苏州西山风景区和东山风景区。

西山指的是洞庭西山，是太湖上第一大岛，岛上树木葱郁，花木茂盛，果树繁多，十分适合度假休闲。景点有缥缈云场、水月问茶、林屋晚烟、消夏渔歌、角里犁云、玄阳稻浪等，美不胜收，令人陶醉。太湖 72 峰，41 峰在西山，缥缈峰为太湖 72 峰之首，海拔 336 米，在苏州是第三峰，比穹窿山、大阳山略低。因经常被云雾笼罩，犹如传说中的缥缈仙境而得名。由缥缈峰、水月坞、涵村坞组成。登上缥缈峰顶的瞭望塔，可将三万六千顷湖光山色尽收眼底，是太湖地区最佳的登高旅游胜地。王鏊在《登西山缥缈峰绝顶》说“星辰可摘九天上”，用夸张的方式描写缥缈峰之高，也抒发了诗人豪迈的气势。林屋山在西山镇的东北方向，号称道教十大洞天之第九洞天，是仙人之居所。洞内广如大厦，立石成林，顶平如屋，故称林屋。皮日休有《入林屋洞》，陆龟蒙有《奉和袭美太湖诗·林屋洞》，二人将林屋洞之幽深奇幻、道教洞天的特点描绘得淋漓尽致。石公山在西

▼ 明月湾古码头

山的东南部，内有巨型太湖石，怪石嶙峋，形状像一对老翁和老妇，称为石公、石婆，山因而得名“石公”。石公山以其特定的地理位置和独特的景致，吸引着古今中外无数的游客。俗语道：“太湖圣景在西山，西山圣景在石公。”

缥缈峰南，有一弯月牙形的湖湾，相传为春秋时期吴王与西施消夏避暑之地，名为消夏湾。因景色优美，水色澄澈，也被历代文人诗咏。宋代范成大《消夏湾》：“蓼矶枫渚故离宫，一曲清涟九里风。纵有暑光无著处，青山环水水浮空。”明代高启也作《消夏湾》：“凉生白苎水浮空，湖上曾开避暑宫。清簟疏帘人去后，渔舟占尽柳阴风。”消夏湾烟波浩渺，荷叶田田，明清后，名声更胜，文人墨客雅集于此，留下众多吟咏诗篇。

东山原是太湖中的一个岛，清代中叶起逐渐与陆地相连成为半岛。景区内有三山、泽山、厥山、小浮子山等，群山连绵，苍翠壮观。东山人文鼎盛，自然与人文景观交相辉映，构成了美丽画卷。主峰为莫离峰，相传隋莫鳌将军葬于此地，而得名。站在山上，可饱览太湖全境，一望无际。明徐祯卿《和徵明登东洞庭》诗中“莫厘绝顶君还上，得似邻峰缥缈无”，点明莫离、缥缈二峰遥相呼应，相得益彰。

▼ 太湖晨曦

东山启园，是苏州所有园林中唯一一座依山而筑、傍水而建的园林。它既融合了苏州园林的小巧玲珑、曲折幽深的特色，又具有脉接七十二峰，波连三万六千顷的粗犷气魄，被称作“太湖边的拙政园”。苏州园林多半以假山假水造景，而启园可以说是半真半假、亦真亦假。启园内还有一口柳毅井，相传柳毅就是从这里进入龙宫的。元代诗人金信《洞庭曲》中“浩荡太湖水，东西两洞庭。吹箫明月里，龙女坐来听”提到这一神话传说。陆巷古村是目前江南建筑群体中质量最高、数量最多、保存最完好的古村落。这里是明代正德年间宰相王鏊的故里，是全国首批历史文化名村，被誉为“太湖第一古村”。紫金庵始创于唐代，清代重修，保存至今。世人称“天下罗汉两堂半”，半堂在苏州角直保圣寺，一堂在济南长清灵岩寺，还有一堂就在紫金庵。紫金庵罗汉共 16 尊，是泥塑彩绘罗汉像，相传为南宋民间雕塑名手雷潮夫妇所塑。据考证，雷潮一生只塑三处，此处最佳。这 16 尊罗汉均为坐相，大小比例与真人相似，面部表情生动，形态逼真，衣褶线条自如，可以看出丝绸、棉布、麻布等不同衣料的质感，显示出了高超的技艺。春在楼，取“向阳门第春常在”之意而得名，坐西面东，四合院形式。主楼梁桁、门窗、门楼均施精雕细刻，故俗称“雕花楼”。全楼建筑砖雕、木雕、金雕、石雕、彩绘、泥塑、铺地艺术巧夺天工，且“楼无处不雕，雕无处不精”，享有“江南第一楼”之誉。

三山岛是太湖中的一个小岛，因岛上北山、行山、小姑山三峰相连，状如笔架，又因一岛三峰而得名“三山”。由于地处江、浙两省交界这一特殊地理位置，历史上这里曾有繁华的市场，作为“太湖驿站”供往来船只休息补给，因而建成了大量古建筑。古村落的宗教资源也很丰厚，古有寺、庙、庵十座，比如吴妃祠、关帝庙、清泉庵等，部分寺庙庵已废，但遗迹尚存。目前修缮恢复的有吴妃祠、三峰寺等。

太湖的美不仅在于它的连绵起伏的山峰、精巧的岛屿、丰富的水产、幽静的湿地景观，还在于悠久历史在这里留下的文明和底蕴。太湖周边景点众多，如木渎、石湖、光福等，在本书其他部分另有记述。

石　湖

初归石湖

◎宋·范成大

晓雾朝暾绀碧烘，横塘西岸越城东。
行人半出稻花上，宿鹭孤明菱叶中。
信脚自能知旧路，惊心时复认邻翁。
当时手种斜桥柳，无数鸣蜩翠扫空。

石湖属于太湖支流，南北长 4.5 千米，东西宽 2 千米，周围 10 千米，面积 3.6 平方千米，越来溪穿湖而过，南接太湖，北汇胥江，流入苏州市区，是一个以吴越遗迹和田园风光见称的风景区。

这首诗是诗人范成大晚年回到故乡苏州石湖别墅时的作品，诗中描写了石湖秀丽的自然景色，流露了对家乡的喜爱心情。全诗不事雕琢，清新自然。

范成大在石湖度过了长达十年较为闲适而优裕的晚年生活，于南宋淳熙十三年（1186）写下了《四时田园杂兴六十首》，并于绍熙三年（1192）左右撰写了《吴郡志》。卒后加赠少师、崇国公，谥号文穆，后世遂称其为“范文穆”。

这首诗首联“晓雾朝暾绀碧烘，横塘西岸越城东”所写的“横塘”在苏州城外，宋代诗人贺铸有词云“凌波不过横塘路”，“越城东”指的就是石湖了。这两句诗是写诗人回到越城东边的石湖时，在横塘西岸，初升的太阳透过晓雾照在诗人身上。诗人看到青绿色的林雾烘托了深红色旭日，真是像画一样美丽啊！两句诗的写景，写出了诗人回来时的时间和石湖的地理位置。颔联“行人半出稻花上，宿鹭孤明菱叶中”，描写稻子在这个时节不但长得很高，而且已经开花了，行人从田间走过只能看到他们的上半身。池塘里菱叶丛中有一只白鹭还懒洋洋地浮在水中不肯动，好像昨天没睡够似的。这四句虽是客观写景，但从中可领略诗人开朗喜悦的心情。

颈联“信脚自能知旧路，惊心时复认邻翁”描述诗人怀着激动的心情信步朝家里走去，奇怪的是自己走着走着就来到了熟悉的旧路，好像自己离开这儿才不久似的。可当诗人走到家门口，看到一位老丈，好一会儿才认出是自己的邻居时，又不得不感叹岁月的无情流逝。这首诗的感情变化就是从颈联开始，从“惊心时复认邻翁”这句表现出来的。诗中正面点出题中“初归”二字的就是这两句。路是旧时认识的，信步走路也不会走错；碰见老人，仔细辨认，吃惊地发现他们原来是自己的邻居。这两句写初归的感受十分真切。尾联“当时手种斜桥柳，无数鸣蜩翠扫空”进一步延续了上一联的情感，也使全诗变得千转柔肠，耐人寻味。诗人说回到家里，

▲ 石湖

已经和我记忆中的家不一样了。当年亲手栽种的斜桥柳还在，可因为没人管它，如今无数的鸣蝉在上面已经把它原本翠绿的叶子吃尽了。全诗到这里就戛然而止，对世事变迁的感慨溢于言表，留下了无尽的思绪。[1]

范成大喜爱石湖山水，在他的诗中，也常常表达出对石湖的钟爱。不在石湖时，“不梦封侯梦石湖”“想得石湖花正好”“石湖也似西湖好”，梦着石湖，想着石湖，盼着回归石湖；回到石湖后，“且吸湖光当酒泉”，丝毫没有仕途不顺的失意，反而悠然恬淡，自得其乐。晚年归隐后，建石湖别墅，自号“石湖居士”，“如今并与此身安”，醉心田园，自得安宁。“独乐乐不如众乐乐”，自己安然恬静，也不忘与好友共享。范成大多次邀请好友杨万里等人，游览石湖，一同吟咏石湖。杨万里有诗：“万顷平湖石琢成。尚存越垒对吴城。如何豪杰干戈地，却入先生杖屦声。古往今来真一梦，湖光月色自双清。东风不解谈兴废，只有年年春草生。”解释石湖得名的由来，交代石湖春秋历史，更是表达了对范成大的赞许。

---

[1] 参见：http://wenku.baidu.com。

石湖历史悠久，相传范蠡曾带着西施由此入太湖，从此隐居。石湖东面有越来溪，溪上有座越城桥，是当年越王勾践率兵攻吴从太湖挖通水道，屯兵士城而得名。虽说春秋吴越相争，这里曾是战火纷飞的战场，而之后的年代，这片离苏州古城最近的山水皆具胜地，一直是名人雅士特别钟爱的地方。文徵明便是其中的一位。他有着许多有关石湖的诗篇，他赞颂石湖，诗篇犹如一幅山水画卷，吟诵时，画面也随文字浮于眼前。“落日淡烟消，平湖碧玉摇。秋生茶磨屿，人在越城桥。”他迷恋石湖山水，更是发出“不是桃源也自迷”的感慨。

石湖的风景秀丽，别具特色，“石湖串月”更是一绝。在石湖风景区上方山路，越城桥西，跨石湖北渚，是苏州石湖的标志性建筑行春桥，又

▲ 明 · 文徵明《石湖图》

▲ 行春桥

名长桥、九环洞桥，因为桥下洞涵中不仅流过一条小河，而是几处溪流分别流经其不同的桥孔，故人称九环洞桥。行春桥为一半圆拱薄墩九孔连拱长桥，东西走向，全长 54 米，中宽 5.2 米，中孔净跨 5.3 米，矢高 2.6 米。行春桥主桥 10 个桥墩、9 个石拱结构桥，花岗石砌筑，长系石为武康石，条石栏板各望柱头雕蹲狮，可能为宋代旧物。何年建造已无法查考，最早的记载是南宋淳熙十六年（1189）知县赵彦贞重修，迄今至少已有 800 年历史。

这里是石湖看串月的最佳处。每当农历八月十七日半夜子时，月亮偏西时，清澈的光辉，透过了九个环洞，直照北面的水面上。这时，微波粼粼，在石湖水面上可以看到一串月亮的影子，在波心荡漾，这就是“石湖串月”奇景。旧时游人为了看这一胜景，一过中秋，不仅苏州城里城外，大小船只一租而空，甚至还有人远从无锡、常熟、吴江等地赶来看串月的相沿成习。这苏州石湖串月与西湖三潭印月、北京卢沟晓月、四川峨眉秋月一起并称为我国四大赏月胜景。文徵明在 75 岁高龄时，仍泛舟石湖，作画《石湖图》，题诗《石湖泛月》："爱此陂塘静，扁舟夜不归。水兼天一色，秋与月争辉。浦近青山隐，沙明白鹭飞。坐来风满鬓，不觉露沾衣。"

石湖景区内还有许多其他古迹，如越城桥石器时代文化遗址、越来溪、越城桥、渔庄、天镜阁等景观景物。每一景，每一点，无不沉淀了石湖浓厚的文化底蕴。

越城遗址位于石湖北、越来溪东，遗址范围南北长 450 米，东西宽 400 米，面积近 18 万平方米，现高出地面约 1.5 米。土城底下有大量新石器时代的文化遗存；春秋时越王勾践进攻吴国所筑屯兵土城的遗迹，尚有残存于城址南北两面长约 30 米、高约 4 米的城垣。范成大好友杨万里诗句"万顷平湖石琢成，尚存越垒对吴城"中，便有提到。

越来溪是春秋晚期吴越争霸的历史见证。当时，越国为了攻打吴国，在一夜之间开凿了一条运送军队的水道，越国的军队通过这条水道攻入了吴国都城苏州城。后来的人就称这条水道为"越来溪"，并依着越来溪的两岸定居，繁衍生息。千百年来，文人雅士中也不乏有人借越来溪怀古抒情。宋杨备有诗《越来溪》："临流何必吊前非，且说吴宫得意时。夹岸桃花烟水绿，画船礼物载西施。"元倪瓒有诗《吴中》："望中烟草古长洲，不见当时麋鹿游。满目越来溪上水，流将春梦过杭州。"

越城桥位于苏州石湖东北，跨北越来溪。这里有一堤，堤西为坡度平缓的九孔行春桥，中间相隔数十米，堤东即为单孔拱桥越城桥，一堤两桥，南面即为烟波石湖，行春桥西即为上方山，翠色如黛，景色无双，当年乾隆皇帝最喜欢的石湖景点就是这里。越城桥始建于南宋淳熙年间，元至正、明永乐、明成化、清康熙、清乾隆和清道光年间均有整修，现桥为清同治八年（1869）重建，后又受损，1993

▲ 越城桥

年照原样修复。为一单孔花岗石拱桥，东西走向，全长 33.2 米，净跨 9.5 米，矢高 4.8 米，中宽 3.6 米。现为市文物保护单位。

范成大石湖别墅，又名石湖精舍，位于新郭渔家村，为范成大辞官归隐时所筑。石湖别墅面山临湖，随地势高下建有北山堂、农圃堂、寿乐堂、天镜阁、千岩观、玉雪坡、锦绣坡、梦鱼轩、说虎轩、倚云亭、盟鸥亭等多处景观。这组建筑规模颇大，景色宜人，被其好友杨万里称为“山水之胜，东南绝景也”。如今，石湖别墅历年久远，早已湮没。

越溪庄，王宠别业，内有采芝堂、御风亭、小隐阁，后垣即越城遗址。明代与祝允明、文徵明并称“吴门三家”的王宠，在石湖有别业越溪庄，那里是王宠的圈中好友饮酒唱酬、鸣琴作画的好地方，尤其是亦师亦友的文徵明多次来访。从王宠的《越溪庄作》和沈周题的《渔家村店图》诗中可闻，每年农历八月，越溪庄是一年中最热闹的时候，行春桥看串月，更是文人汇集。

1932 年，近代画家余觉在年近七旬，购下了石湖农圃堂（此地区系范成大石湖别墅“天镜阁”遗址及王宠越溪庄故址）。重金买下后，在故址上建别墅，俗名“渔庄”“余庄”。其主厅为“福寿堂”，堂南临湖新建望湖亭，可畅览石湖、上方山景色。他与夫人沈寿居在此，一个作画，一个刺绣，眼前的湖光山色尽收画卷绣作之中。

石湖烟波浩渺，人文荟萃，更与上方山山水辉映，尽得天然真趣、怡然自得的意境。泛舟湖上也好，沿湖漫步也罢，春秋风云，田园意趣，雅俗共享，古今相传……

岁暮巡乡舟中杂诗（其五）

◎清·李超琼

金鸡湖

金鸡湖上晓晴开，解缆今朝向北来。
澄绝沙湖风浪静，波浪绿到唯亭回。

从苏州城出葑门往东不到十里，那里有一个湖泊叫金鸡湖，金鸡湖东西长六里，南北宽十里，东面到达斜塘，西面至黄石桥，南面连接独墅湖，北面直通娄江。当时金鸡湖水势浩瀚，袤延广阔，波澜险恶。驾舟过之，每蹈不测。李超琼修苏州葑门外官塘，又筑金鸡湖长堤，堤成而民便之，称为李公堤。登上堤岸眺望，南湖北湖，水波柔和，浪花细碎，湖水明澈，波光潋滟。来来往往的船只，好像车马在陆地上行走一样平稳。

李超琼（1846—1909），字惕夫，号紫璈，四川合江县人。34岁在顺天府参加乡试，中了举人。于清光绪十三年（1887），担任了常州府溧阳县令。翌年二月调补任知县，历任元和知县、吴县知县、长洲知县。李超琼也是一位诗人，留下诗作400多首。光绪十五年（1889），他甫抵苏州，即写就《初至苏州》六言诗两首："湖港纵横是路，帆樯起仆随风。客子轻舟乍泊，阊门灯火初红。""吴语听犹隔阂，土风昔号清嘉。水上笙歌几处，宵深弦诵谁家？"描写了诗人对阊门码头的景象和繁华，对吴语"隔阂"、土风"清嘉"，以及水上"笙歌"和宵深"弦诵"等，更留有深刻的印象和感触。同年年底，诗人乘舟巡视，写下《岁暮巡乡舟中杂诗》七首，上文所选的就是其中的一首。

▲ 李公堤碑亭

▲ 金鸡湖夜景

这首诗前两句写金鸡湖的宽阔，晨光破晓，碧空清澈，倒影在金鸡湖中，水面波光泛动，坐船一路巡视。后两句写经过沙湖都是风平浪静，一直抵达唯亭才返回，一天行程几十里，但是，诗人是一位深入民众、倾听民声、关心民瘼、勤政爱民的贤令。天气晴朗，金鸡湖水势浩荡，水路风平浪静、心情愉快……

人们对苏州的印象大多是“小桥、流水、人家”，这代表着 2500 多年的“古苏州”，而今天我们若要看时尚的、现代的 “洋苏州”，那金鸡湖景区最适宜不过了。

说起金鸡湖的得名要追溯到苏州春秋时期的吴王夫差了，相传他误信西施的谗言，竟把自己的女儿琼姬赶到了苏州城东的一个小岛上去面湖思过。后来夫差战败后，为了保命居然打算把女儿琼姬献给越王勾践，琼姬知道后就投此湖自尽了。之后，为了纪念琼姬，苏州人就把这片湖称为琼姬湖了。而吴方言中琼姬与金鸡读音相似，慢慢地就叫金鸡湖了。

金鸡湖景区是开放式的国家 AAAAA 级旅游景区，位于苏州工业园区金鸡湖商务区，景区总面积 11.5 平方千米，其中水域面积 7.4 平方千米。作为全国唯一“国家商务旅游示范区”的集中展示和核心区，金鸡湖商务旅游与园林古城交相辉映，共同构成苏州旅游“古韵今风”的双面绣。

金鸡湖景区拥有十大景观——苏州中心、东方之门、音乐喷泉、金鸡湖大桥、文化艺术中心、月光码头、诚品书店、国金中心、望湖角、李公堤，14千米的环金鸡湖步道串联其中，5座风格迥异的水上栈桥，让人走进金鸡湖，在湖中观景，体验低碳健康。

苏州中心是苏州的新地标。建筑造型大气磅礴，“未来之翼”犹如凤凰羽翼，展翅腾飞。

东方之门犹如一扇向世界展示园区、展示苏州、展示东方魅力的门户。余晖投影在金鸡湖面上，波光粼粼，流光溢彩。

▲ 音乐喷泉

音乐喷泉是一场大型的水景和视听盛宴，洋溢着金鸡湖的现代与浪漫。

月光码头充满欧陆风情，270度的湖景视角，是苏州最美夜景地之一。

文化艺术中心，被誉为苏州“鸟巢”，中国“金鸡奖”永久评奖基地，苏州标志性的文化高地。

诚品书店，中国大陆首家诚品书店，一座人文阅读、创意探索的美学生活博物馆，在金鸡湖畔感受诗与远方的交融。

国金中心是目前苏州的最高建筑，呈鱼跃之势，与对面东方之门，形成一组“鱼跃龙门”的靓丽风景。

李公堤是金鸡湖上唯一的跨湖长堤，堤上建筑保留了苏州传统民居黑、

▲ 李公堤

白、灰的色调，在精巧的布局中尽显古典园林的神韵。李公堤堪比杭州西湖上的苏堤，又不同于苏堤。厚重的历史和轻舞飞扬的现代生活在这里激情碰撞出炫目的火花。

相对于“淡妆浓抹总相宜”的西湖，金鸡湖似乎更适合夜游，夜幕降临时，金鸡湖畔的璀璨灯光熠熠生辉，用时尚的元素展示着千百年来苏式生活的精致，诠释着现代都市的浪漫情调。

苏州是一幅双面绣，一面绣着千载风流的苏州古城，一面绣着休闲时尚的苏州园区，一个古，一个今，一个典雅，一个活泼；看似不能完全同时存在，但它们“绣”在了苏州，绣出了完美与融合。

|第|五|部|分|

寺观胜迹篇

虎丘

发苏州后登虎丘望海楼

◎唐·刘禹锡

独宿望海楼，夜深珍木冷。
僧房已闭户，山月方出岭。
碧池涵剑彩，宝刹摇星影。
却忆郡斋中，虚眠此时景。

被誉为“吴中第一名胜”的虎丘距苏州城西北九里，是历代文人来苏州的必游之地。虎丘既有奇石幽泉，又有春秋故事，也是苏州颇负盛名的佛教圣地。唐代诗人刘禹锡对虎丘也有着深厚的感情，他留下了很多虎丘诗文。他任苏州刺史后不久，就慕虎丘之名而去，并登上望海楼，赋诗一首。

刘禹锡（772—842），字梦得，号乐天。洛阳（今河南洛阳市）人，唐贞元九年（793）进士，登博学宏词科。任监察御史。永贞革新失败后，被贬任州官，历任朗州司马、连州刺史、夔州刺史、和州刺史、客郎中、礼部郎中、苏州刺史等职。

据说远古时代，苏州虎丘曾是海湾中的一座随着海潮时隐时现的小岛，历经沧海桑田的变迁，最终从海中涌出，成为孤立在平地上的山丘，虎丘山又称为海涌山。宋代诗人杨备在诗中便有“海上名山即虎丘”的赞美。虎丘曾有过望海楼、海泉亭、海宴亭等胜景。首联“独宿望海楼，夜深珍木冷”，诗人写自己独自夜宿在虎丘望海楼中，夜深人静，郁郁苍苍的珍贵树林中冷风嗖嗖。望海楼，《全唐诗 》上有注“一作望梅楼”。但无论望海楼还是望梅楼，现在的虎丘都没有，只有冷香阁，冷香应和梅有关，据此有人认为望海楼与冷香阁有关联。虎丘观梅最早诉诸笔墨的就是刘禹锡。颔联“僧房已闭户，山月方出岭”，山寺的僧房大门已闭，清月爬出山岭，一片清冷，写出了山寺之夜的清幽。

颈联“碧池涵剑彩，宝刹摇星影”，“碧池”指虎丘著名的剑池，因阖闾生前酷爱宝剑，据说下葬时以“扁诸”“鱼肠”等名剑三千柄殉葬，故有“剑池”一称 。《越绝书》载：“池广六十步，水深一丈五尺。”两片陡峭的石崖拔地而起，锁住了一池绿水。池形狭长，南稍宽而北微窄，模样颇像一口平放着的宝剑。诗中写月光倒映在剑池中，给人以寒光闪闪的感觉，虎丘宝刹星光摇曳。这两句诗静中有动，月移星闪，依然是万籁俱寂。尾联“却忆郡斋中，虚眠此时景”，写诗人以后在起居之处和失眠之时会想起这里的美景，意为这里的美景将一直深深印在自己的脑海中，成为最美好的回忆。诗中表现了诗人陶醉于虎丘山中夜景的情怀，画面上的光、色、景物在不断变换，引人入胜。此情此景，饶有诗味，富于画意。诗人整个

▲ 明·谢时臣《虎阜春晴图》

身心都陶醉在大自然的美妙境界中了。

虎丘山景色秀美，历史悠久。历代文人诗咏虎丘，不胜枚举。唐代苏州刺史白居易，只要一有空闲，就要游览虎丘。《武丘寺路》中提到：“自开山寺路，水陆往来频。银勒牵骄马，花船载丽人。芰荷生欲遍，桃李种仍新。好住湖堤上，长留一道春。”山塘街的修建，大大便利了游人前来虎丘，也方便了白居易自己。诗人更是在尽游兴之后，大发诗兴，留下众多有关虎丘的诗篇。他还在《题东武丘寺六韵》中描述了佛寺、千人石、剑池等景观，更表达了“此地好抽簪”的感慨，意思是，虎丘是辞官闲退、享受生活的好地方。

宋代诗人王禹偁受白居易影响，也钟情虎丘，写下多篇诗文，“尽把好峰藏院里，不教幽景落人间”，点出虎丘寺包山的特点。这与唐代诗人张籍《虎丘寺》中“老僧只怕山移去，日暮先教锁寺门”的说法如出一辙。

宋代范仲淹、杨备、苏轼、朱长文等人都曾诗咏虎丘，描写虎丘历史变迁、风壑云泉……特别是苏轼曾感慨“过姑苏，不游虎丘，不谒闾邱，乃二欠事”，后来逐渐演变成“到苏州不游虎丘，乃憾事也”，使虎丘成为旅游者到苏州必游之地。

明清时期，苏州文化昌盛，文人墨客探访虎丘，留下的佳作名篇甚多。祝允明在春天郊游时写下《虎丘》，纳兰性德在《梦江南》中说“江南好，虎阜晚秋天”，沈周也留下了《雪中游虎丘》。游览虎丘，无论春秋，无论晴雨，各有一番韵味。明代李流芳把它归纳为“虎丘有九宜”，即宜月、宜雪、宜雨、宜烟、宜春晓、宜夏、宜秋爽、宜落木、宜夕阳。

前文提到虎丘原名“海涌山”，之所以被称作“虎丘”，是因为相传公元前 496 年，吴国对越国宣战，吴王阖闾受伤后死于返程途中。为了修建吴王阖闾墓，其子夫差动用了 10 万民工，并随葬 3000 把宝剑于墓中。据传吴王下葬三日之后，有一白虎蹲于海涌山上，世人说为吴王霸气凝聚而成。从那以后，便有了虎丘的称谓，至今已 2500 年。

虎丘千百年来，汇集了帝王文化、民俗文化、士大夫文化、宗教文化和建筑文化的精髓，尤其是士大夫文化。历代文人参与了虎丘的修缮和文化活动。王珣、王珉兄弟在虎丘营造别业，又舍宅为寺，使虎丘成为江南士大夫文化的土壤；唐代韦应物、白居易、刘禹锡三位曾任苏州刺史的大诗人，都对虎丘情有独钟，并留下诗文；东晋大画家顾恺之说虎丘是“含真藏古”；南朝顾野王赞虎丘是“抑巨丽之名山，信大吴之胜壤”；唐代李阳冰以篆体书题写了“生公讲台”；著名的文学作品《三言二拍》《红楼梦》《儒林外史》都写到虎丘，《红楼梦》中的薛蟠泥塑小像产自虎丘；在苏州的地方戏和弹词《三笑》《玉蜻蜓》等剧（曲）目中，更是一再以虎丘为人物活动的舞台。

虎丘占地虽仅300余亩，海拔34.3米，却有“江左丘壑之表”的风范，绝岩耸壑，气象万千，并有三绝九宜十八景之胜。明代大学士王鏊在《虎丘》诗中提到：“谁云虎丘小，我觉虎丘大。”虎丘山不高，却闻名遐迩，这正印证了“山不在高，有仙则名”的佳话。

虎丘的游览主要分为前山、千人石和山顶三个部分。

经过入口处，跨过海涌桥，便来到虎丘的二山门——断梁殿。断梁殿建于元至元四年（1338），因主梁由两根木料拼接而成，俗称“断梁殿”。断梁殿上朝南上悬“大吴胜壤”匾额，出自南朝顾野王《虎丘小序》“信大吴之胜壤”一语，点出虎丘在苏州诸多景点中的重要地位；朝北上悬“含真藏古”匾额，取自晋代顾恺之《虎丘序略》，暗含虎丘真山真水，古墓古塔，蕴藏优美景色，富含天然真趣。

▲ 断梁殿

过了二山门，沿山路向上，可以看到西侧有一口古井，叫“憨憨泉”。憨憨是梁代僧人，相传他是一个双目失明的孤儿，到虎丘寺当小和尚。每天下山挑水，有一次被这里的青苔滑倒。随即想到，既有青苔，土壤潮湿，或许有泉眼，于是便用扁担挖地，果然挖到了泉眼，并用泉水治好了眼疾。从此，此泉取名憨憨泉。宋代僧人释智愚、清代诗人石韫玉都写有《憨憨泉》诗，讲述憨憨泉的故事，也盛赞憨憨泉水之清冽。

▲ 憨憨泉

在憨憨泉的斜对面，有一块椭圆形的大石头，中间裂开，犹如利剑劈开一般，被称作“试剑石”。石旁有元代顾瑛的诗句：“剑试一痕秋，崖倾水断流。如何百年后，不斩赵高头。”描写试剑时的情景，也抒发了对政局的不满。这里有两个传说：一个是说吴王阖闾命干将莫邪铸剑，剑铸成之后，吴王挥剑试刃，将大石一劈为二；另一个是说秦始皇巡至虎丘，探寻吴王宝剑，遇到有一白虎阻拦，于是挥剑斩白虎，白虎忽然不见，剑砍在巨石上，一分为二。其实这是一块火山喷出的凝灰岩，久经风化后沿着缝隙裂开而成，形似剑劈。

▲ 试剑石

虎丘前山山路的尽头，有一座古朴的亭子，亭内有一石碑，题“古真娘墓”。真娘，也称贞娘，本名胡瑞珍，唐朝北方人。“安史之乱”时南逃苏州，被骗入风尘，又因能歌善舞，才貌出众，成了当时苏州的一位绝色佳人。一位名叫王荫祥的青年买通老鸨，想要留宿真娘处，真娘投缳自尽，以死守身。王荫祥后悔不已，厚葬真娘于虎丘山，并建亭纪念。真娘墓建立之后，文人墨客题诗众多，其中以白居易《真娘墓》最为著名：“真娘墓，虎丘道。不识真娘镜中面，唯见真娘墓头草。霜摧桃李风折莲，真娘死时犹少年。脂肤荑手不牢固，世间尤物难留连。难留连，易销歇，塞北花，江南雪。”

走过前山，便来到虎丘景点最为集中的区域——千人石。千人石是虎丘中心一块巨大的盘陀石，因石平坦如砥，广二亩，可容千人，故得名千人石。传说吴王阖闾去世后，葬在剑池下，其子夫差为掩盖墓葬的秘密，竟将千余名工匠全部杀害于千人石上。鲜血渗入石中，每逢阴雨，颜色转为殷红，显得更为耀眼。实际上，这是石中氧化铁被雨冲刷出来所致。晋代高僧竺道生在这里讲经说法，据史书记载：生公讲经，人无信者，于是聚石为徒，与谈至理，石皆点头。这就是成语“生公说法，顽石点头”的由来。旁边白莲池中的石上刻着“顽石”二字，指的就是这一段故事。宋代范成大有诗《千人坐》：“听经人散藓花深，千古谁能更赏音。只好岸巾披鹤氅，风清月白坐弹琴。”宋代诗人杨备也写道：“海上名山即虎丘，生公遗迹至今留。当年说法千人坐，曾见岩边石点头。”

千人石还是一年一度的中秋赏月曲会的舞台。从明代直到清代末年，虎丘曲会盛大热闹，每年农历八月十五日，苏州城的老百姓倾城出动，穿

▼ 千人石

好丽服，带上美酒，在千人石上席地而坐，互相切磋。明代袁宏道在《虎丘记》中做了详细的描述：“一箫，一寸管，一人缓板而歌，竹肉相发，清声亮彻，听者魂销。比至夜深，月影横斜，荇藻凌乱，则箫板亦不复用。一夫登场，四座屏息，音若细发，响彻云际，每度一字，几尽一刻，飞鸟为之徘徊，壮士听而下泪矣。”

▲ 白莲池

▲ 二仙亭

千人石周围错落有致地分布了许多景点。东有白莲池，竺道生讲经，不仅“顽石点头”，而且白莲花也怒放，成为一时佳话。西有第三泉，水质甘洌，茶圣陆羽评定为“第三泉”，岩壁上有“铁华岩”三字，取自苏东坡的诗句“铁花秀岩壁”之意。北面是二仙亭，初建于宋代，重建于清代，二仙即为吕洞宾和陈抟。亭柱上两副楹联“昔日岳阳曾显迹，今朝虎阜再留踪”“梦里说梦原非梦，元里求元便是元”富含深意，令人深省。

由千人石往北走，便来到虎丘最引人入胜的古迹名胜，传为吴王阖闾墓的剑池。称它为剑池原因有三个。一是如果从上面看，这池宛若一把平铺的剑；二是传说当年为吴王阖闾殉葬有扁诸、鱼肠宝剑 3000 把，故名；三是当年秦始皇与孙权都曾来这里挖过剑，剑池就是由他们所挖而成的。

剑池可以说是虎丘最为神秘的地方，传说吴王阖闾墓的开口处就在这里。宋代诗人朱长文以剑池为题，这样写道：“万丈澄潭挟两崖，削成奇壁自天开。龙泉一淬名因得，不待秦王发冢来。”明代高启也在《阖闾墓》中这样写道：“水银为海接黄泉，一穴曾劳万卒穿。谩说深机防盗贼，难令朽骨化神仙。空山虎去秋风后，废榭乌啼夜月边。地下应知无敌国，何须深葬剑三千。”都是在讲述剑池与阖闾墓之谜。

▲ 剑池

山顶部分的核心景区当属云岩寺塔，也被俗称虎丘塔，建于五代后周显德六年（959），建成于北宋建隆二年（961），至今已经有1000多年的历史。这座塔7层8面，塔高47.7米，塔向东北偏北方向倾斜，塔顶偏离中心2.34米，最大倾角是3度59分。这座塔是江南现存时代最早、规模宏大、结构精巧的一座佛塔。塔斜而不倒，更显珍贵，由于在全国仅存此例，

▼ 云岩寺塔

因此，该塔无论在建筑科学、造型艺术、历史研究等方面都具有独特的重要地位。宋代方仲荀《虎丘山》诗中写“出城先见塔，入寺始登山”，虎丘是苏州2500年沧桑的见证，高高耸立在山顶的虎丘塔已经成了苏州的标志。历代文人更是在诗文中详述虎丘塔之巍然而立、高耸入云：宋代诗人郑震《宿虎丘》云“天虚塔欲浮”，元代诗人顾瑛诗写“塔倚高标立”。2014年6月，虎丘云岩寺塔作为大运河沿线的建筑遗存，被列入世界文化遗产。

从千人石往东，也有一条游线可通山上。沿途经过“五十三参”石级、云岩禅寺正殿“大雄宝殿”，向东可到供奉唐宋两朝在苏州任过刺史的五位先贤的“五贤祠”，再往东便是望苏台、小吴轩、万家灯火。之后，便是千顷云阁，取苏轼“云水丽千顷”的诗意，沈周、文徵明等曾在此品茗会友，文徵明留有《千顷云》诗作。大雄宝殿的后面，还有一个古朴的碑亭，为“御碑亭”，因康熙、乾隆皇帝多次游玩虎丘，均留有诗作，遂刻石立碑，矗于亭内，嵌于壁上，供游人欣赏。

▲ 大雄宝殿

虎丘东侧还有一处景致——万景山庄，为我国最大的盆景园之一，集中了苏州的大部分盆景精品。其中雀梅王“虎踞龙盘”已有400多年的历史。它高1.8米，冠幅高2.5米，是为数不多的特大型桩景。数百盆精品盆景高低错落在山坡处，站在高处一目了然，极富气势。所有盆景都与转墙外虎丘塔遥相呼应，两者似乎在历史与文化中找到互补与契合。

虎丘自然景色优美，人文古迹众多，近年来，虎丘后山也在逐步开发，一榭园、花神庙等景观陆续呈现，带给游人更加丰富的文化体验。一座虎丘山，见证着白发苏州的沧桑变迁，可以说，苏州的一部春秋尽在虎丘！

枫桥夜泊

◎唐·张继

月落乌啼霜满天，江枫渔火对愁眠。
姑苏城外寒山寺，夜半钟声到客船。

寒山寺

提到苏州，人们就会想到唐代诗人张继这首著名的《枫桥夜泊》，这首诗的知名度和影响力是描写苏州古诗中最为著名的一首。

张继（约 715—779），字懿孙，襄州（今湖北襄阳）人。唐天宝十二年（753）进士。大历中，以检校祠部员外郎为洪州（今江西南昌市）盐铁判官。唐天宝十四年（755）一月爆发了“安史之乱”，人们饱受战争之苦，而江南政局比较安定，不少文士纷纷到江南避乱，其中也包括张继。唐代因为江南运河开通，江南水陆交通发达，苏州成为东南沿海水陆交通要冲，自然就成了当时文人雅士向往之地。一个秋天的夜晚，张继泊舟苏州城外的寒山寺旁的枫桥，眼前月落乌啼、江枫渔火的景色，与诗人在旅途中愁结的家国之忧，以及自己身处乱世没有归宿的复杂情感交融在一起，于是就有了这首有景有情、意境清远的小诗。

全诗短短 28 个字，留给我们一种无限的遐想和意犹未尽的故事感。读着这首诗，我们仿佛听到了诗人在诉说当年的故事：在一个晚秋初冬的深夜，诗人乘船来到苏州城外，小船停泊在寒山寺外的枫桥下，此时眼前的

▼ 枫桥

景象突然让诗人心生愁绪，月亮西沉，寒霜漫天，乌鸦也被冻得瑟瑟难眠，不时发出悲切的啼声，乌鸦如此，更何况人？秋天夜晚的“霜”透着浸入肌骨的寒意，从四面八方围向夜泊的小船，让诗人感到身外茫茫夜空中正弥漫着满天霜华。转辗难眠，不禁悲从中来，乌鸦是不是也在悲叹诗人的失意？深秋的黑夜里一片萧瑟，好像经历了战乱的人心中的冰冷的寒意，在这个乱世中，究竟该何去何从？对着桥边的树木和池边的渔火，彻夜难眠。这时候寒山寺的钟声悠然传到了船上，它似乎也猜透了羁旅之人的心思，钟声陪伴诗人度过沉沉的无眠长夜。这寺院的钟声好像一位深邃的高僧，为愁苦无助之人指点迷津，不过它是在规劝诗人超凡脱俗呢，还是在激励诗人奋发有为？卧听钟声时的种种难以言传的感受尽在不言中了。

枫桥，苏州西郊的一座古桥，因《枫桥夜泊》而闻名天下，南宋范成大《吴郡志》曰：“枫桥，在阊门外九里道傍，自古有名，南北客经由，未有不憩此桥而题咏者。”现与寒山寺、铁铃关和枫桥古镇共同组成枫桥景区。

自隋代开凿南北大运河之后，枫桥即为交通枢纽。唐代，枫桥曾名封桥，因是水陆交通要道，那时每到夜里就要封锁起来，故名。自张继《枫桥夜泊》诗后，人们便惯称枫桥。枫桥始建于何年，已无从查考，由于屡经战乱，屡修屡毁。现存枫桥，基本为清同治六年（1867）重建，1985 年又经重修。

枫桥为花岗岩单拱石桥，桥长 39.6 米，宽 5.27 米，跨度 10 米。石桥栏间用城砖封砌，中间嵌有大红“枫桥”二字，南北两侧桥柱上，镌刻有诗文，枫桥东西，各有花岗石踏步石阶 20 级，以便行人通过。

枫桥之所以扬名四方，一方面是由于张继的诗，另一方面还在于它的地理位置处于水陆要冲，“枕漕河，俯官道，南北舟车所从出”。因此，枫桥一代商船云集，货物山积，成为著名的米豆集市。过去这里设有标准粮斗，俗称“枫斗”。明代王衡《泊舟枫桥过寒山寺》诗中“灯含帆影乱，钟杂市声昏”，点出了枫桥一带的热闹繁华。苏州还流传有这么一句话：“探听枫桥价，买物不上当。”枫桥还常是送别亲友的地方。晚唐杜牧，在此送别友人冯秀才，“唯有别时今不忘，暮烟秋雨过枫桥”；南宋范成大更是在《枫桥》诗中提到“送人南北管离愁”；明代谢晋有《枫桥歌送武秀才之金陵》；明代张元凯有《枫桥与送者别》；明代高启歌咏枫桥的诗作众多，他在枫桥送丁凤、王太守，也送自己，皆有诗作为证。

明清两朝，大运河是举国第一的经济生命线，遥想当年，运河上帆樯林立，船起船泊，枫桥边人流如织，车来车往。“漕运展示馆”利用先进的光影技术及四十多只船模和图文，介绍和展示了漕运历史文化，我们也许可以从中窥见一二。而今的大运河，也因被列入《世界遗产名录》，而受到更多人的关注。保护大运河，开发大运河，挖掘和传承大运河文化，又成为新的命题。

在古枫桥旁还矗立着一座古城楼，这是枫桥地区著名的铁铃古关。它是明代嘉靖年间为抗击倭寇而建的，所以又叫枫桥敌楼。现在楼关是按清代的规模重新修建的。整个楼关呈长方形，面阔 15 米，纵深 10.2 米，高 7 米，砖台上的凹孔是当年架设土炮的地方。在铁铃关城楼上还陈列有“抗倭史实展览”。关楼正中摆放着抗倭名将任环的戎装蜡像，仿佛在向我们诉说着明朝抗击倭寇的悲壮历史。

▼ 铁铃古关

《枫桥夜泊》诗中的寒山寺，在枫桥以南，京杭大运河之畔，原名妙利普明塔院，始建于南朝梁天监年间。唐元和年间，著名诗僧寒山子与拾得由浙江天台山国清寺云游到此，世人为纪念两位高僧，将寺名改为寒山寺，并一直沿用至今。寒山寺在1500多年的漫长历程中，屡遭劫难。据史书记载，该寺曾先后5次毁于兵火之灾，伽蓝殿堂屡建屡毁，现存的殿宇，是清末光绪、宣统年间（1875—1911）重建的，至今有百余年的历史。

《寒山寺志》中记载：“唐贤首唱，作者如林。”自张继之后，历代题咏寒山寺的文人墨客不胜枚举。宋代俞桂《枫桥寺》：“湖水相连月照天，雁声嘹唳搅人眠。”明代唐寅《姑苏八咏·寒山寺》：“树色高低混有无，山光远近成模糊。”清代顾震涛《寒山寺二首》：“十里枫江早晚潮，乌啼月落夜迢迢。”清代褚逢椿《过枫江憩寒山寺》：“欲寻张继停舟处，一片苍山暮色横。”诗人们追寻张继的船迹，描绘寒山寺山水相依的景色，感怀寒山寺月落乌啼的诗愁。

古刹旁静静流淌着千年的古运河，为寒山寺迎来送往了许多的文人墨客和善男信女。也正因为大运河，寒山寺一改佛寺多朝南而建的传统，它的山门和整个寺庙的布局朝向了西边，明代王稺登《寒山寺》中就提到“古寺西边路”，这既是因地制宜的结果，也暗含了遥望“西天佛国”的寓意。

寒山寺现存主要建筑和古迹有大雄宝殿、庑殿、藏经楼、寒山拾得塑像、碑廊、钟楼、枫江楼等，其布局没有严格的中轴线。

寻常寺院，大雄宝殿佛祖背后多是供奉观音，而寒山寺是一幅寒山、拾得的石刻画像。民间相传，寒山、拾得乃文殊、普贤两位菩萨化身，也就是传说中的和合二仙，他们互助互爱，以诚相待，形成了独特的和合文化，而寺院本就源于寒拾。因此，这里

▲ 大雄宝殿

▲ 寒山寺照壁

供奉寒山、拾得也成了寒山寺的独到之处。

寒山寺始建时就有塔，后毁于战火。北宋重建宝塔，元代末年又毁，后近630年寒山寺无塔。现在的宝塔是1995年秋建成的，塔为仿唐木结构楼阁式塔，5层，呈正方形，高42.2米，镀金的铜塔刹重12吨，高9.6米，金光灿烂，塔四周挂有108个风铃。登上宝塔，东望苏州古城，南看苏州新区和大运河，可见北面的虎丘山和西面的狮子山，吴中美景几乎尽收眼底。

藏经楼，楼上为藏经阁，楼下是寒拾殿。藏金阁有秘藏珍贵佛经、书籍共7300多卷。寒拾殿后墙的背面正中供奉的刻有千手千眼观音、韦驮和关公等人物的巨碑，刀法细腻，形象生动。内墙环壁嵌有的《金刚般若波罗蜜经》石刻和董其

▲ 藏经楼

昌的题跋 41 块，皆是传世珍品。

▲ 大钟

在寒山寺，最令人神往的就是钟了。中国众多的寺庙中，寒山寺绝对算得上另类。无论是从历史的悠久还是整体的规模上看，寒山寺都谈不上一个“最”字，但它始终是国内外名声最响、影响最大的中国寺庙之一。原因就是这口钟。寒山寺的钟，被历代诗人们题咏，这在文学史上极为罕见，从宋代陆游的“客枕依然半夜钟”，明代商辂的“不管钟声动客愁”，到清代陆鼎的“一自钟声响清夜，几人同梦不同尘”，清代王士祯的“独听寒山半夜钟”，寒山寺也因此被列入了吉尼斯世界纪录。钟楼就在寒拾殿旁，楼上悬挂的铁钟外径达 120 厘米，铸于清光绪三十二年，即 1906 年。因为在铸造的时候，特别加了钨，所以撞击后余音很长，可以长达 120 秒左右。自 1979 年 12 月 31 日新年前夜，寒山寺开始举办听钟声活动，108 声钟声让人“闻钟声，烦恼清，智慧长，菩提生”。

张继《枫桥夜泊》的千古绝唱为枫桥和寒山寺注入浓厚文化底蕴，无数游人追着“枫桥夜泊”的意境来到这里，留下来众多诗咏。枫桥，犹如一弯新月，横跨在大运河上，与古关、古刹、古镇相映成趣。当我们吟诵着明代诗人高启的诗句“画桥三百映江城，诗里枫桥独有名”时，不知大家是否也会发出同样的感慨？

报恩寺

题报恩寺上方

◎唐·方干

来来先上上方看，眼界无穷世界宽。

岩溜喷空晴似雨，林萝碍日夏多寒。

众山迢递皆相叠，一路高低不记盘。

清峭关心惜归去，他时梦到亦难判。

报恩寺在苏州城北隅，曾称北寺，中有浮屠，称北寺塔。“上方”是佛寺中方丈、住持所住之室。诗人登临上方，居高临下，极目远眺，顿觉眼界开阔，心旷神怡，这是一首情景交融的记游写景佳作。

方干（809—888），字雄飞，号玄英，青溪（今浙江淳安）人。从小爱吟咏，深得师长徐凝的器重。一次，因偶得佳句，欢喜雀跃，不慎跌破嘴唇，人呼为“缺唇先生”。唐宝历中，参加科举考试不第。以诗拜谒钱塘刺史姚合。初次见面，因其容貌丑陋，姚合看不起；待读过方干诗稿之后，却深为他的才华所动，于是满心欢喜，一连款待数天。方干心中有数，“貌寝兔缺”是有司不与功名的根本原因，只好怏怏放弃科举考试，登临山水，日以吟咏为娱。隐居会稽镜湖，以诗著名江南。故后人赞叹他“身无一寸禄，名扬千万里”。

这首诗的首联“来来先上上方看，眼界无穷世界宽”，是说从上方纵目四眺，顿时觉得眼界豁然开朗，眼底的大千世界也就更变得无限宽广。“世界”是佛家语，指宇宙，世为时间，界为空间。登高远眺，视野开阔，亦是说人到了佛门之中后，受佛法熏染，顿感心胸开朗，世界宽阔，似乎达到物我合一的境界。所以颔联接着说：“岩溜喷空晴似雨，林萝碍日夏多寒。”这是具体描绘佛寺优美的环境。“岩溜”指瀑布，“林萝”指林木藤萝。瀑布从空中喷薄而下，使晴天像雨天一样：密而高的林莽遮天蔽日，因而即使是夏天也使人感到飒飒寒意。这是多么清幽的所在，真令人神往！的确，佛寺一般都修建在山水佳胜处，僧人们又往往在寺边广植树木，因而佛寺又往往是绝美的风景旅游胜地。颈联笔势一转，“众山迢递皆相叠，一路高低不记盘”，回味入寺来的路途。“迢递”是连接不断的样子。一路上山峦重叠，高高低低，山路盘旋，不知转了多少个弯。诗人正是经历了艰险，才到了报恩寺这一胜境。然而，诗人不但不后悔，而且流连忘返，尾联说：“清峭关心惜归去，他时梦到亦难判。”清秀峭峻的景色令人牵心挂肠，但可惜又要归去，今后是否会梦中再游此地，也未可知，即使梦到此间，也令人难以割舍。这样秀美的佛家胜地，的确使人俗尘洗净，心灵淡泊，陶醉不已。诗写得空灵淡泊，无烟火气，把报恩寺宁静、幽远的风光描述得十分传神，充满禅思，无怪这样的环境使诗人不忍归去，并期望将来还会梦游此地。而此时，诗人本身也仿佛与这清幽的大自然融为一体，自己的灵魂已升入了浩渺的清空……

▲ 北寺塔鸟瞰

北塔报恩寺，是苏州历史最悠久的寺院，也是苏州城内规模最大的佛教丛林，距今已有 1700 多年。始建于三国赤乌年间（238—251），据史志记载，乃孙权为乳母陈氏所建，始称通玄寺。南朝梁武帝时建塔。到了唐代改为开元寺，寺内假山、水池、竹林一应俱全，五代吴越王钱俶改“开元寺”为“报恩寺”，南宋时寺塔全毁，绍兴二十三年（1153）重建，塔为 9 层八角砖木阁楼式。报恩寺塔俗称北寺塔，是苏州古城的标志性建筑之一。

北寺塔是中国楼阁式佛塔，规模宏大，重檐复宇，占地 1.3 亩，塔高 76 米，为苏州现存众多古塔之冠，素有“江南第一塔”之誉。塔内设置木梯，人们循级而登，沿外廊倚凭栏杆，可俯瞰苏州古城全景。近代著名学者金天翮在《登北寺塔》中这样描述：“十万楼台影，分明脚底看。只影凌绝顶，孤塔耸云端。大野回春色，重城锁暮寒。江山无霸气，高唱拍阑干。”诗人描绘北寺塔高耸入云的气势，俯瞰苏城，看到全城仍笼罩在寒气之中，由此也表达出忧国忧民的感慨。

北寺塔的四周尚存部分明清时期重建的报恩寺殿堂建筑。

塔东侧是明万历四十年（1612）重建的不染尘观音殿，俗呼楠木观音殿，

▲ 报恩寺坊

始建于南宋绍兴二十三年（1153），是苏州保存最完整的明代建筑。殿为重檐歇山造，面阔五楹，进深五间，内四架，前置檐廊，檐高七米，四周檐柱为抹角石柱，内柱用楠木。

观音殿南建有一长廊，陈列着目前国内最大的巨型漆雕《盛世滋生图》，也称《姑苏繁华图》，长 32 米，高 2 米，再现了清代乾隆盛世时苏州的繁华。

塔后碑亭中置有罕见的元代石雕艺术品张士诚记功碑，具有极高的历史艺术价值。

塔北有古铜佛殿、藏经阁。古铜佛殿曾供铜铸三世佛，单檐硬山造，观音兜山墙，面阔七间，进深六间，五间为殿，左右尽间为楼，梁架、脊饰具有徽州建筑风格。藏经阁为重檐歇山楼阁式，原额梵香堂。

塔东北有园，山石峭拔，水池萦回，亭榭廊桥各得其所，名为梅圃。去北塔报恩寺游览，一定要去“后花园”梅圃走走。与前院庄重的气氛相比，梅圃清幽小巧，黄石砌成的假山玲珑秀气，极具山林野趣。

塔南临街的四石柱三间五楼木牌坊，为明代牌坊，三开间硬山顶门厅及贴砖八字墙，则是马医科申时行祠前之物。1978 年移建于此地。正面横额上书“知恩报恩”，为中国佛教协会前会长赵朴初所书，背面是“北塔胜迹”。

报恩寺为华严宗高僧代代相传，赵孟頫在此作画题诗，乾隆帝下江南，两次游历报恩寺。寺内殿堂古朴，嘉树垂荫，梅圃池水澄碧，林壑优美，亭台、水榭、曲桥、花坞相映成趣，使游客在朝参千年古刹之余，亦可领略苏州山水园林之美。

▲ 北寺塔

题光福上方塔

◎唐·顾在镕

苍岛孤生白浪中，倚天高塔势翻空。
烟凝远岫列寒翠，霜染疏林堕碎红。
汀沼或栖彭泽雁，楼台深贮洞庭风。
六时金磬落何处，偏傍芦苇惊钓翁。

铜观音寺

光福上方塔即光福塔，位于苏州吴中光福景区铜观音寺后的龟山上。光福塔始建于梁大同初年（535—546），由九真太守顾野王舍山建光福寺、光福塔，因香火极盛，古镇也改名为“光福”。

顾野王的后裔、唐代中书顾在镕写下了《题光福上方》诗。顾在镕，苏州人，于唐僖宗光启二年（886）进士及第，有三首诗入选《全唐诗》，其余不详。

这首诗最有名的是首联“苍岛孤生白浪中，倚天高塔势翻空”。光福镇是三面环水。伸向太湖的半岛，光福塔踞山临湖，面向开阔的太湖，看潮起潮落，白浪滔天。颔联是：“烟凝远岫列寒翠，霜染疏林堕碎红。”光福塔选址恰当，周围景物也是苍翠一片，秋色中霜林尽染，湖光山色，

▲ 光福塔

大有“不在画中，已入画中”的意境。颈联是：“汀沼或栖彭泽雁，楼台深贮洞庭风。”彭泽位于江西九江旁，诗人站在光福塔远眺，是否有从长江之畔的大雁飞来，而这里是太湖洞庭东山之畔，多少楼台烟雨中。尾联“六时金磬落何处，偏傍芦苇惊钓翁”，感叹古代的笙磬流落何处，但愿不要惊扰芦苇旁的垂钓老翁。诗人登临塔山纵眼四望，但见高处峰峦攒簇，低处层林叠翠，湖光山色，相互掩映，远山峰峦连绵，东西崦湖交相辉映。

光福塔本名舍利佛塔，相传塔内原珍藏有《华严经》和光福讲寺开山祖师悟彻和尚的灵骨舍利。据《光福志》记载，光福塔在唐代会昌末年毁于火。唐咸通年间（860—874）由铜观音寺的方丈四处化缘筹资重建。塔檐木毁于清代嘉庆年间雷击大火。后又屡经毁修，久历沧桑，饱受风雨剥蚀。古塔为四方七级，高35米，砖木混合结构楼阁式佛塔，年久失修。1998年，各级政府拨专款修缮一新，为省文保单位。现可见塔为砖身，木檐楼阁式，重檐复宇矗立在三层条石包面的台座上。正南开门，自二层起改为四方辟门。各层有楼板和木扶梯，塔身每层有腰檐平座，每面置柱枋壮举木共，翼角翚飞，显得古朴韶秀。塔内陈列49尊佛像，有88级台阶，登临古塔，可观灵岩、穹窿诸山，远眺太湖，湖光山色尽收眼底。

▲ 铜观音寺

光福塔所在的铜观音寺，原名光福寺，为吴中光福景区景点之一，建于梁天监二年（503），距今有1500多年历史，为吴地的古老寺院，旧时规模庞大，民间俗称“大寺”。北宋康定元年（1040），农民张惠在寺旁取土时，发现一尊唐代铜观音像，送给了光福寺。

相传当时正值大旱，生灵涂炭，铜观音像出土后，人们祭祀祈祷，观音显灵，天降大雨，化解旱灾。铜观音像也一时引起轰动，周边信徒纷纷前来膜拜，光福寺香火大盛，后来寺庙也改名铜观音寺。目前，铜像仍供奉在后殿，即铜观音殿。观音像高约 1 米，为典型的唐代造像风格。观音体态丰腴，慈眉善目，头戴华锦，身配玑珠，右手举至肩部，掌心向外，五指朝上，施“无畏印”，左手下垂，掌心向外，五指微弯，施“与愿印”，表示解众生之苦，达众生之愿。

铜观音寺除光福塔、铜观音殿外，寺桥和大殿也很值得一看。

▲ 光福寺桥

寺桥为宋代石梁桥，又名光福寺桥、琵琶桥，跨河而建，十分古朴。相传石桥是时任苏州知府的范仲淹拍卖折扇而建。桥长 16.1 米，宽 3.5 米，梁长 5.4 米，桥面为三块完整的花岗岩条石拼接，线条优美流畅。桥栏杆为武康石质，轻轻叩击一侧，另一侧可发出宛如琵琶弹奏的铿锵声，故当地人称为“琵琶桥”。桥两侧雕琢着双龙戏珠，“万”字纹饰，琢工精良，栩栩如生。

大雄宝殿，名“大雄殿”，供奉释迦牟尼像。“大雄殿”匾额由清代潘遵祁所书。原殿正梁折而不倾，民间称为“断梁殿”。原先殿内曾悬有光绪皇帝所书“香雪慈云”“沛泽流慈”两块巨额匾，现仅存“沛泽流慈”一块。殿前有600多年树龄的明代香樟树。

此外，寺内山门两侧有唐代陀罗尼经幢，寺内藏有宋、元、明、清、民国历代碑刻，寺后有顾野王书院、顾野王纪念馆，山上有中日友谊樱花林等。

▲ 顾野王纪念馆

和袭美泰伯庙

◎唐·陆龟蒙

故国城荒德未荒，年年椒奠湿中堂。
迩来父子争天下，不信人间有让王。

泰伯庙

泰伯庙是为纪念古公亶父（周太王）长子泰伯而建，历史可追溯至东汉，为江南地区第一座奉祀吴地始祖泰伯的庙宇。商朝末年，泰伯让位于三弟季历，偕二弟仲雍避地江南，建国号勾吴，是为吴国始祖。泰伯之举为后人称颂，千百年来，传下祭祀泰伯、虞仲的习俗，这首诗即以此为题写成。

▲ “泰伯庙”匾额

陆龟蒙（？—881），字鲁望，号天随子、江湖散人、甫里先生，长洲（今江苏苏州）人，举进士不中，遂不复再试，曾任湖州、苏州刺史幕僚，后隐居松江甫里（今甪直镇），嗜茶好酒，不喜与流俗交，唯好放扁舟泛于太湖。陆龟蒙与皮日休为友，世称“皮陆”，诗以写景咏物为多，是唐朝隐逸诗人的代表。此诗实为陆龟蒙和皮日休之作。皮日休诗为：“一庙争祠两让君，几千年后转清芬。当时尽解称高义，谁敢教他莽卓闻。”同为赞颂泰伯、虞仲之作。

这首诗前两句写泰伯、虞仲让贤之德流芳千古，为吴人景仰，数千年来祭祀不断。“故国”指泰伯创建的勾吴国。“德未荒”言品德遗风，千古不废。“椒奠”指以椒酒洒地祭奠泰伯。以椒花浸制而成的酒称椒酒。“中堂”是祠庙的正厅。诗的前两句说城荒德未荒，指出泰伯美德与日月共存，能经受时间的考验。人们会举行“椒奠”祭神仪式，置香椒于美酒中，取其味馨香浓烈，以酒浇地，用以祀神灵。“年年”句，言祭祀泰伯的传统悠久不绝，描写“争祠”让君的情景，中堂为酒所“湿”，足见祭祀者之多。首二句通过“城荒”与“湿中堂”两组镜头对比，凸现“德未荒”之意，形象地写出了古代贤者让位之举在后人心目中的赞赏之情。

诗的后两句“迩来父子争天下，不信人间有让王”，是诗人对这种社会心理现象发表的感慨。“迩来”指近来，指中晚唐时期。“让王”指泰伯让王的故事。晚唐社会权势欲与日俱增，为了王权，天下纷争不已，父子骨肉亦卷入互相残杀的恶流，当朝统治者的无德，除去引起人民的厌恶和失望之外，还会激发他们对古代贤者的怀念的情绪，寻常百姓，对于史不绝书、愈演愈烈的皇权争夺，也深感心寒。诗人在《江湖散人歌》中就发出过“江湖散人悲古道，悠悠幸寄羲皇傲”的感叹。在晚唐世风江河日下之时，统治者眼中只有无情的倾轧，他们怎么相信人间有“让王”之事？这首诗通过古代贤者的高节与现实中争权者的卑劣比较，表现了诗人对泰伯一类贤者的景仰赞美，对争权夺位者的鄙夷之情。

泰伯庙又称至德庙，始建于东汉永兴二年（154），现存建于清同治六年（1867），为江南地区第一座奉祀泰伯的庙宇。据史料记载，在东汉永兴二年，汉桓帝在吴郡阊门外为吴国的始祖泰伯建庙，五代后梁乾化四年（914），泰伯庙迁至阊门内下塘街，也就是今天修复的泰伯庙的地址。

在《史记·吴太伯世家》中，司马迁讲述了泰伯奔吴的故事。商朝末年，泰伯为了成全父亲周太王的心愿，决定让位于三弟季历，并说服二弟仲雍一起“离家出走”，两人奔走三千多里，终于来到了南方“荆蛮之地”，定居下来，并且给自己的新部族定名为“句吴”。

不久之后，父亲周太王去世，泰伯和仲雍返回中原奔丧，季历与部下要求泰伯接位，泰伯不肯，料理完丧事后仍返江南，周氏族人就拥戴季历继位。季历后被商朝暗害而死。泰伯闻讯后又返回故乡奔丧，部下再次要求他即位，泰伯仍坚辞不受，季历之子姬昌继任。姬昌就是后来的周文王。

▲“三让高踪”匾额

作为长子的泰伯前后三次让出王位，

史称“泰伯三让天下”。孔子在《论语·泰伯》篇云：“泰伯可谓至德也矣，三以天下让，民无得而称焉。”司马迁也给予泰伯相当的尊重，他把泰伯的故事写入《史记》时，列为世家卷的第一位。

泰伯病逝于农历三月初三日，因泰伯生前酷爱种麻，百姓祭扫其墓时，腰间均束一根麻绳。这一习俗沿袭至今，就是丧葬仪式中“披麻戴孝”的

▼ 泰伯庙鸟瞰

源头。

泰伯庙主轴线上自南向北依次为双柱牌坊、至德桥、至德坊、仪门、至德殿、御书楼，两侧为东西巷门、东西角门、碑亭、两庑、恩庆堂、育德堂等建筑。其中至德桥、至德坊、大殿三间、东西两庑各三间为清代建筑。

▲ 至德坊

▲ 至德殿

至德桥俗称泰伯庙桥，梁式，桥墩为石砌，桥面已有改动。

至德坊为四柱三间冲天式石坊，柱端雕卷云纹，横额镌“至德坊”，为清光绪二年（1876）江苏巡抚吴元炳所书。

至德殿是泰伯庙的主殿，供奉泰伯、仲雍和季札三尊塑像，大殿里还有孔子、司马迁等先贤对泰伯的赞辞、评价，康熙、乾隆题写的“至德无名”“三让高踪”匾牌也高悬殿中。

主殿两侧的东、西庑殿则是传承，东庑用碑刻的形式陈列了自泰伯、仲雍一直到夫差，吴国历代君主世系表，以及《至德志》的相关内容；西庑重点讲述了泰伯三让天下、奔吴、断发文身、建吴等历史和吴国春秋的历史文化。此外，苏州作为全国首批“中国书法名城”，又在泰伯庙西侧修建了吴门书道馆，南边依着中市河的辅房，恢复成两路两进传统沿河民居，还原了清代鼎盛时期的原貌。书道馆系统又直观地反映了吴门书道的风采，展示厅内展示了魏晋唐宋时期、元明时期和清代以来苏州书法名家的重要作品。

目前，泰伯庙作为祭祀祠堂，增设陈列展览，展现了泰伯历史文化，这里也成为桃花坞片区重要的文化景观，以及祭祀吴地始祖、进行传统文化教育的重要场所。

西园寺

时寓东园晚过西园作

◎清·徐崧

西园跬步近，日晚偶过从。
不料清歌地，还瞻古佛容。
露光千树月，风度一声钟。
惆怅依人世，纷纷总向空。

西园戒幢律寺，简称西园寺，位于苏州阊门外留园路西园弄，东靠留园，西邻寒山古寺，北倚虎丘风景区，南临阊门运河。西园始建于元至正年间，明万历年间为太仆徐泰时西园，和东园相望。徐泰时故世后，其子徐溶舍园为寺，并于明崇祯八年（1635），延请报国禅寺茂林律师任住持，改名戒幢律寺，反映了寺院高树戒律之幢，以戒为本、以律为宗的立寺原则。经茂林律师及后数代住持的努力，西园寺成为律宗道场。自清乾隆以来，法会盛极一时，列为江南名刹。

古老的寺院，往往是珠玉满眼的文苑。在被誉为吴门首刹的这方净土上，留下的名人诗词、楹联墨宝难以尽计，这首诗就是其中之一。

徐崧（生卒年不详），字松之，号臞庵居士，明末清初吴江人，明诸生。入清为遗民，与顾樵、顾有孝并称高士。他一生绝意仕进，纵情山水，素负诗名，尝与当时众多名家及诗僧交游唱和。遍游吴中山水名胜，喜搜古碑碣，详考古今。与张大纯同著《百城烟水》，这是一部著名的地方文献，精选诗，有诗名，富禅理，被誉为“西吴词客”。曾与陈济生合辑《诗南初集》，与汪友祯、汪森合辑《诗风》。

诗的首联“西园跬步近，日晚偶过从”写诗人当时住东园，即今之留园，与西园咫尺之隔，故曰“跬步”，所以早晚都会经过。颔联“不料清歌地，还瞻古佛容”写诗人没想到会听到寺院念经的声音，还可以看一看西园寺的古佛。“清歌”指没有音乐伴奏的吟诵吟唱。颈联“露光千树月，风度一声钟”中，“露光”意指露水珠反射出来的光耀。唐代诗人元稹的《夜合》中说：“绮树满朝阳，融融有露光。”寺院的钟声随着风吹来，悠扬回旋，触动人的心弦。尾联“惆怅依人世，纷纷总向空”，指人的内心会感觉人世间纷纷扰扰，但是最终用佛家的观念看就是一场空。皈依佛门又称遁入空门，空是虚空，万物皆为虚空，一切都是幻觉而已，这也是诗人一种人生不得志的感叹。

西园寺，距今有700多年的历史，是戒幢律寺及其西花园的总称。西园寺现存殿宇多为清末民初所建，是苏州市内规模最大的寺院。寺内古木幽深，梵宇重重，绿茵曲水，鸟语花香。西园寺布局严谨，内有四大天王

▲ 大雄宝殿

▲ 西园寺

殿、大雄宝殿、五百罗汉堂、观音殿和藏经楼等建筑。

大雄宝殿兴建于光绪末年，面阔五间，进深七间，梁枋均施苏式彩绘。檐枋悬有“西乾应迹”匾额。大殿前带露台，重檐歇顶，气势雄伟。

观音殿位于大雄宝殿的右侧，于清光绪初年建成。殿内置三座佛龛，供奉三尊坐相观音菩萨，中间一尊高大，端坐于莲花座上，左右各有善财、龙女侍从。此尊观音像是明代巧匠用香樟木雕塑而成，脸部的笑纹、身上的衣褶，线条流畅，反映了当年的工艺水平，具有较高的文物价值。

在观音殿的正对面是五百罗汉堂。罗汉堂建于清光绪二十六年（1900），屋宇深广，共三进四十八间，呈“田”字形。走进罗汉堂，迎面是一尊用香樟木雕成的千手千眼观音，高达13米多。罗汉堂以佛教四大名山塑座为中心，沿四壁排列泥塑全身五百罗汉像，大逾常人，神态各异，造型生动，构成一组完整的塑像群，有极高的艺术性与民族性。其中疯僧、济公造型别具一格。疯僧像取材于《说岳全传》中疯僧扫秦的故事；济公塑像歪戴僧帽，肩披破僧衣，手持破葵扇。

▲ 罗汉堂

西园寺五百罗汉堂为东南沿海地区所仅有，也是国内闻名的四大五百罗汉堂之一。

▲ 斑鼋造像

在西花园中，占地面积最大的是放生池。放生池呈蝌蚪形，头部在南，尾部在北，并弯向东南。西花园放生池里原有两只斑鼋，已有四百多岁，是世界上已知最长寿的动物，目前雄鼋已寿终正寝。放生池岸边有两只铜塑斑鼋造像，是以1∶1的比例塑成的，形象十分逼真。《清嘉录·枫桥倚棹录》有一首《西园观神鼋》诗这样描述：“九曲红桥花影浮，西园池内碧如油。劝郎且莫投香饵，好看神鼋自在游。”

▲ 西花园湖心亭

踏进西园，都市的喧嚣和浮躁便像全部被关在了园门外似的，让人心境平和，在罗汉堂里数数罗汉，在放生池边观鱼儿水中嬉游，亦可偷得浮生半日闲。

玄妙观

题玄妙观玉皇殿

◎元·萨都剌

虚空台殿枕层岑，木杪丹梯起百寻。
花落鸟啼青竹里，客来犬吠白云深。
松坛昼日移幢影，石室天风送铎音。
老鹤如人窗下立，闲听羽士理瑶琴。

"到苏州不可不去观前街，到观前亦不可不去玄妙观。"千年玄妙观坐落在苏州古城中心，南临繁华的观前街。玄妙观是一组历史悠久、规模宏大的道教古建筑群。始建于西晋咸宁二年（276），相传建在春秋时吴宫旧址上，初名真庆道院，唐开元初称开元宫，北宋更名天庆观，元至元二年（1264）始名玄妙观。明洪武年间设道纪司于此。曾一度改为正一丛林。清初，为避康熙帝玄烨名讳，改称"圆妙观"。康熙极盛时，有殿宇 30 多座，是当时全国最大的道观。清末部分建筑毁于战火。这首诗描绘玄妙观玉皇殿的建筑、周围的景色和颇具特色的苏州道教音乐，绘声绘色。

萨都剌（约 1272—1355），字天锡，号直斋。回族（一说蒙古族）。元代诗人、画家、书法家，善绘画，精书法，尤善楷书。有虎卧龙跳之才，人称"雁门才子"。其先世为西域人，出生于雁门（今山西代县），元泰定四年（1327）进士。授应奉翰林文字，擢南台御史，以弹劾权贵，左迁镇江录事司达鲁花赤，后担任江南行台侍御史一职时，萨都剌前往吴越、荆楚等地，晚年萨都剌在杭州一带居住。

萨都剌一生有兴趣于访真问道，当时正值道教改革创新，北方的全真

▼ 玄妙观

道与江南的正一道，都焕发出空前的活力。萨都剌仕宦所至江南城镇的古道观，吸引着他不懈访道的兴致，江南道教的名山胜景，更留下了他跋涉的足迹。萨都剌有很多吟诵江南道教的诗篇，或抒发游历江南道观的感受，或描写道教仙坛的气象，或赞咏道士道冠法服的神采，或表达与道士的友谊之情，从一个侧面反映出元代江南道教的实况。

萨都剌寻访了苏州玄妙观，诗的首联“虚空台殿枕层岑，木杪丹梯起百寻”写玄妙观玉皇殿建筑的宏大，周边古树参天。颔联“花落鸟啼青竹里，客来犬吠白云深”写环境非常清幽，花木扶疏，鸟鸣清脆，竹影清风，客人可以听到白云深处的犬吠之声。颈联“松坛昼日移幢影，石室天风送铎音”，诗人置身于玄妙古观，欣赏江南道士的步虚声韵。尾联“老鹤如人窗下立，闲听羽士理瑶琴”中，“羽士”是道士的别称。诗人想象，如果仙鹤飞来，如人一样也会在窗下站立，听道士抚琴演奏道教的音乐。历史上玄妙观道士确以擅长道教音乐，在江南道教中享有盛誉。

玄妙观，江南第一观，已有1700余年的历史。现有山门、三清殿、弥罗宝阁及21座配殿。

南宋淳熙六年（1179）重建的主殿三清殿面阔9间，进深6间，高约30米，建筑面积1125平方米，重檐歇山，巍峨壮丽，是江南一带现存最

▲ 三清殿

大的宋代木构建筑。内奉三清像，趺坐于方座上，像高约 6 米，高于地面约 10.5 米，神态凝重，衣褶生动，是古代道教造像中的上品。殿内壁间嵌有碑石多方，以南宋宝庆元年（1225）所刻“太上老君像”最为珍贵，形貌、衣褶流畅，为唐吴道子绘像，唐玄宗题赞，颜真卿书，由宋代刻石高手张允迪摹刻，可称“四绝”碑，是目前国内仅存的两块老子像碑之一。

玄妙观为全国著名道观，又是历史悠久的传统集市。冯梦龙《警世通言》无碍居士《叙》中说：“吾顷从玄妙观听说《三国志》来。”说明玄妙观在明天启年间已有露天书场。至清代设摊者日多，遂演变成为古城中心一处热闹的集市，有小吃、日用杂品、文具玩具、对联字画、花鸟鱼虫的摊店，以及医卜星相、江湖杂耍等，五花八门，不一而足。

现在的观前街，仍是苏州城内最热闹、最著名的一条街巷，被称为“姑苏第一街”，全长 770 米，宽 9 ～ 13 米。在清嘉庆二年（1797）印制的《苏州城河三横四直》地图上，就标有观前街的街名。这样算起来，这条街也有 200 多年的历史了。观前街名来源于玄妙观，顾名思义，是在玄妙观之前。

观前街区域内商业繁荣，并一直辐射至太监弄与北局，这里名店云集，

▲ 商业繁华

有着享誉苏州的美食，不少店铺已逾百年历史。各地美食与当地文化融会贯通，形成了自己独特的美食滋味，是苏州最有名的小吃街之一。

这里现代与传统结合得如此和谐，互相交融，玄妙观和观前街相得益彰，也正以其悠久的历史，深厚的道教文化，众多的文物古迹，成为苏州著名的旅游景点之一 。

▼ 观前街

紫金庵

◎清·顾超

紫金庵

山中幽绝处，当以此居先。
绿竹深无暑，清池小有天。
笑啼罗汉像，文字道人禅。
最好梅花候，高窗借过年。

紫金庵，简称金庵，又称金庵寺。位于苏州城西南约 45 千米处，在洞庭东山古镇西卯坞内，山林环绕，东面遥对太湖。文献记载最早始建于唐，在明景泰三年（1452）郑杰所著的《洞庭纪实》中有记载："金庵在西卯坞内。昔有胡僧沙利各达耶于此结庵修道。玄宗时诏复修殿宇，装金佛像，焕然重新焉。"历代屡有兴废。现寺为明洪武时建，清初重修。建筑仅一殿一堂，但由于寺中彩塑罗汉像相传为南宋民间雕塑高手雷潮夫妇所制，技艺精湛，形神兼备，再加上环境优美，故声誉远播海内外。如果站在紫金庵前，向东眺望，可以看见浩瀚的太湖，清晨，太阳初露，阳光照耀西卯坞，紫气东来，金光万丈，紫金庵沐浴在金色之中，诗人这首《紫金庵》就描写了紫金庵的幽美景色。

顾超，生卒年月不详，字子超，明末清初吴县（今江苏苏州）人。《明诗综》及《明诗纪事》都选有其诗。

这首诗的首联"山中幽绝处，当以此居先"写紫金庵得天独厚的、幽静的地理位置。紫金庵的四周，山虽然并不高耸，但是，屏风山是紫金庵的依托，紫金庵南面有大南山似青龙护卫，北山似白虎相佑，坞口太湖边的山恰如玄武驻守。颔联"绿竹深无暑，清池小有天"写紫金庵旁绿树修竹蔽日，非常阴凉，似乎没有暑热，还有泉溪涓涓而流，终年不息。泉水汇入东西两个不大的池塘，也滋养着山中的花树草木。山中有水，草木飞长，青山如黛，景致如画。颈联"笑啼罗汉像，文字道人禅"中的"笑啼"两字写罗汉的声貌，"道人禅"指僧人的禅意。紫金庵中 16 尊泥塑彩绘罗汉像栩栩如生，形貌各异，姿态生动，特别是面部表情细腻，富于性格特征，衣褶流转自如。这些罗汉塑像造型拿捏准确，神态姿势各不相同，呼之欲出，活灵活现，是古代雕塑艺术的绝佳作品。尾联"最好梅花候，高窗借过年"呼应开头的"幽绝处"，意为每年最好的时候是梅花盛开的时候，透过高窗往外看，似乎如春色满园。"借过年"指借春，即预迎春天到来。

这首诗从紫金庵的地理位置，写到周边的山水景色，在此铺垫的基础上，展现紫金庵最珍贵的 16 尊泥塑彩绘罗汉像，这需要去细细观察，细细品味，最后描写梅花盛开时节紫金庵的最美胜景。

▲ 紫金庵头山门

现今的紫金庵依然保留有其幽静的特色，在茶园和橘林的掩映下，恬静而活泼。头山门门楣上“古紫金庵”四字匾额，由苏州著名书法家费新我题写。门前一对明朝时期的石狮子，距今已经有三四百年历史。这对石狮子一反庄严肃穆的常态，身形苗条，歪着脖子，憨态可掬的模样令人忍俊不禁。

紫金庵建筑面积不大，黄墙灰瓦的院墙内有前后两院落，仍保留一殿一堂的格局。

现存大殿保留有清朝乾隆年间最后一次大修后的风格，正面是释迦牟尼佛、东方琉璃世界药师佛和西方极乐世界阿弥陀佛，迦叶和阿难侍立两旁。

大殿两侧的佛龛内是 16 尊罗汉像。世人称“天下罗汉两堂半”，半堂

▲ 紫金庵大殿

在苏州甪直保圣寺，一堂在济南长清灵岩寺，还有一堂就在紫金庵。这些罗汉像相传为距今800多年的南宋民间雕塑名手雷潮夫妇所塑。16尊罗汉像均为坐相，高115厘米左右，泥塑彩绘，大小比例与真人相似，容貌各异，恣态生动，惟妙惟肖，栩栩如生，有“精神超乎，呼之欲活”的效果。罗汉的服装层次分明，衣褶线条自然，可以看出丝绸、棉布、麻布等不同衣料的质感，显示出了高超的技艺。服饰的色彩丰富，纹饰典雅，展示出了吴地精致、清新、温婉的风格特色。《静因堂碑记》专门描述紫金庵罗汉像说：“怪伟陆离，塑出名手，精神超忽，呼之欲活，苏杭中山诸大刹之佛像，均未有如金庵者。”

▲ 罗汉塑像

大殿背后是海岛观音壁，观音脚下踩着鳌鱼，有独占鳌头之意，因而也被称为“鳌鱼观音”。观音慈眉善目，面容和善。

大殿是紫金庵精华所在，集中了紫金庵“三宝”。这第一宝是三尊主佛的眼睛，称作慧眼。这慧眼与殿前游人眼神交接，游人移动，慧眼也跟着移动，仿佛一直在注视着你。据说，这是运用了光学原理，光线折射进来恰好构成了慧眼移动的效果。第二宝是诸天菩萨拖在指尖的经盖。经盖是指盖在经书上，起到防尘作用的纺织品。这块经盖分内外两层，内层为绿色，外层为精美的彩色花纹，宛如薄薄的丝巾，经盖下的指甲盖都清晰可见，似乎能把这丝巾顶穿一般。厚重的泥土，竟拿捏出如此飘渺的效果，

▲ 经盖

▲ 华盖

实在令人惊叹。第三宝是观音像上祥云托着的华盖。在薄薄的红色伞面上居然还雕刻有精美的牡丹花，伞裙呈现出微风吹来所形成的自然的飘逸状态。这是一件泥塑工艺和雕刻工艺俱佳的作品。

出了正殿，来到净因堂。净因堂因全部由楠木建成，俗称楠木厅。堂前种有金桂、玉兰，寓意金玉满堂，堂外松竹长青。院内还有两棵古黄杨树，都有 1000 多年的树龄，据说是建庵时所栽种下的，如今傲然挺立，生机勃勃。

紫金庵这座掩映在太湖东山古树繁枝中的寺院，历经千年岁月洗礼，似与世隔绝，似悠然而现，令人不忍打扰她的幽静，又抑制不住想要沉浸于她的幽静……

▼ 净因堂

参考文献

[1] 钱仲联．苏州名胜诗词选 [Z]. 杨德辉，等，注释．苏州：苏州市文联印，1985.

[2] 杭炳森，陆新．历代诗人笔下的苏州 [M]．苏州：古吴轩出版社，1995.

[3] 吴企明．诗画苏州 [M]．苏州：苏州大学出版社，2014.

[4] 王尧，朱天石．苏州乡土语文读本 [M]． 镇江：江苏大学出版社，2015 .

[5] 徐静．诗读苏州 [M]．苏州：古吴轩出版社，2017.

[6] 张振雄．苏州市地方志办公室．苏州山水志 [M]. 扬州：广陵书社，2010.

[7] 嵇元．走读苏州 [M]．杭州：浙江摄影出版社，2013.

[8] 岳俊杰，蔡涵刚，高志罡．苏州文化手册 [M]．上海：上海人民出版社，1993.

后　记

多少人因为张继的《枫桥夜泊》诗“姑苏城外寒山寺，夜半钟声到客船”而对苏州充满向往，觉得到苏州一定要到寒山寺看一看，听一听悠扬的钟声，因为那诗中的意境一直萦绕在心头，挥之不去……

“夜读苏州诗，襟怀尽冰雪。飘飘关塞云，微微河汉月。秋兰南窗前，清香静中发。怀我千载心，岁晚更幽绝”（宋朝诗人蔡沈《夜读苏州诗》）就是对苏州的魂牵梦萦。苏州藏着江南诗词中最温润的风雅，“小桥、流水、人家”的生活方式与古典园林的清幽典雅让人流连忘返；苏州古城外更是聚集了木渎、同里、甪直、周庄、东山陆巷、西山明月湾等上百个著名古镇、古村，它们都保持着非常独特的江南乡村历史风貌，它们都是江南水乡文化的典型代表。

苏州是首批国家历史文化名城，也是风景旅游城市，是长三角的重要核心城市，有“人间天堂”之美誉。历代文人墨客吟风弄月，为苏州的山山水水、历史胜迹留下了无数绚丽诗篇。在今天文化和旅游融合发展的背景下，充分挖掘历史文化资源，注入旅游产业中，内化为旅游之魂，提升旅游品质，满足旅游者对江南文化的欣赏、参与和体验，是我们写作的初心。我们希望借助历代文人墨客的诗词，带着旅游者行走在苏州的古城、古镇、古村和园林之中，在历史沧桑的小街巷陌里，在悠悠扬扬的昆曲评弹声里，感受吴侬软语的温婉和江南文化的优雅，让“诗和远方”一直伴随旅游者的脚步前行！

由于撰写时间仓促，本书仍有疏漏之处，敬请专家不吝赐教。本书在撰写过程中得到诸多专家、学者和同行的指导和帮助，特别是苏州大学王国平教授不仅为本书撰写提供历史资料，并且还亲自为本书作序；王怀岑、金白梧、王莉丽、王丽、奚明玉、范妮娜、梅志强、陈敏豪、陆园园、付言平、李佳磊、华怡雯、凌兰兰等为本书提供了精美的图片和相关资料；苏州大学出版社对本书的出版给予了热情支持。在此一并深表谢意！

2020 年 11 月 30 日